La mia luce tra le onde

Justice Willoughby

CAPITOLO 1

Arden

Il motore dell'utilitaria che ho preso a noleggio si spegne con una specie di sospiro profondo, quasi sollevata di poter riposare dopo le oltre tre ore di strada percorsa dalla mia partenza da Los Angeles. Quando scendo, la ghiaia del parcheggio di Heisler Park scricchiola sotto le scarpe da ginnastica intrise di sabbia proveniente da altre spiagge, da altri ricordi. È proprio l'alba che mi aspettavo, con l'orizzonte di un colore arancione acceso e il Pacifico che ribolle piano come se stesse ancora decidendo in che tono iniziare la giornata.

Sistemo la valigia dietro al sedile e afferro la reflex, la mia compagna più fedele, una Nikon che porta ancora con sé l'odore di camere oscure improvvisate e la polvere rossa di Oaxaca. Ma non ci posso pensare adesso. Non voglio, soprattutto. Spingo via il pensiero di Evan con tutte le mie forze,

5

come se fosse un particolare fastidioso che devo ancora debellare dalla mia vita: non devo pensare a lui, non ora. Sono venuto a Laguna Beach per fotografare l'ArtWave, solo per questo motivo. Ed è un lavoro importante per me in questo momento con tanto di buona paga, vitto e alloggio. Un'opportunità a cui non potevo rinunciare. Soprattutto, per quanto mi riguarda, l'occasione di allontanarmi da Los Angeles e da lui, sufficiente a ricordarmi chi ero prima di diventare un misero reperto nella sua collezione.

Un'onda particolarmente lunga si infrange contro gli scogli, spruzzandomi quasi addosso le sue gocce salate. Regolo l'esposizione, abbasso il diaframma e infine scatto. Nel mirino, il sole sorge dietro le palme piegate dal vento e una coppia di gabbiani taglia la scena in diagonale. Con questo scenario così suggestivo sento che si sta aprendo un nuovo periodo della mia vita. Sono bravo a scovare la bellezza nelle crepe e ultimamente ho imparato a farlo davvero, non è solo uno slogan da pubblicare sui social media allo scopo di ricevere qualche like in più.

Mi volto per cambiare prospettiva quando un fruscio di passi rapidi mi distrae. Un cagnolino bicolore mi sfila tra le gambe, scodinzolando eccitato. Alle sue spalle arriva un uomo alto, ancora più di me, atletico, con un completo da jogging che lascia intravedere spalle larghe e polpacci scolpiti. All'inizio riesco a scorgere solo la sua sagoma in controluce, ma il mio obiettivo istintivamente lo inquadra. Ha i capelli biondi, un taglio piuttosto corto e quel tipo di sorriso che ti prende, conquista e seduce anche senza intenzione.

«Scusa, Jack è sempre fin troppo vivace la mattina presto. Non so come faccia!»

La sua voce è allegra ma allo stesso tempo profonda, con una punta di accento del Midwest che non stona affatto, al contrario produce in lui una certa armonia. Il cane, Jack a quanto ho capito, abbaia come a confermare le parole del padrone.

«Nessun problema» rispondo tranquillo, ma le parole mi si bloccano tra le labbra quando un'onda più alta del previsto scavalca il muretto di pietra e schizza dritta verso di noi. Istintivamente sollevo la reflex con entrambe le mani, ma le mie suole scivolano sul muschio bagnato. Sento il cuore risalire in gola, quando mi accorgo che la mia macchina fotografica rischia di cadere.

Un braccio vigoroso me la strappa letteralmente di mano un attimo prima che possa toccare l'acqua. L'uomo, il tipo dai capelli biondi, fa un mezzo giro su se stesso, usando il proprio petto come scudo. La reflex sbatte contro la sua maglietta e rimbalza illesa. Io invece perdo l'equilibrio e finisco direttamente seduto sul suolo bagnato.

«Bel tuffo da terra!» Il suo sorriso è aperto, incredibilmente caldo e solare. Mi porge la mano.

Ha un palmo largo, calloso, tipico di chi lavora con il corpo, non solo dietro a un computer. Mi lascio tirare su, consapevole di avere i jeans inzuppati e il viso arrossato, non so nemmeno io se per il freddo dell'acqua o per l'imbarazzo.

«Grazie, davvero.» Abbraccio la reflex come se fosse un bambino. «Non so cosa avrei fatto se...»

«Avresti pianto per giorni?» La domanda è una provocazione, gli occhi grigio-azzurri scintillano di spavalderia.

«Sì» ammetto, «più o meno.» Il mio sarcasmo di solito affilato stamattina suona smussato, quasi timido.

Lui ride di gusto, un suono profondo che mi sorprende per quanto mi fa bene.

«Luke Whitaker» si presenta. Intuisco che qualunque cosa faccia nella vita, la fa con orgoglio.

«Arden Morales.»

Gli stringo la mano. Le sue dita sono calde, nonostante la brezza fresca. Il contatto dura forse un secondo in più del necessario, abbastanza perché il mio stomaco si contorca piacevolmente; un allarme dolce, ma pur sempre allarme.

Jack abbaia una seconda volta e poi annusa la custodia imbottita che porto a tracolla. Sembra approvare, a modo suo.

«Sei qui per fare le foto del festival?» domanda Luke, passando il guinzaglio da una mano all'altra. Vedo la curiosità sincera che gli illumina il volto, come se si sentisse obbligato a conoscere ogni persona che incrocia sulla riva.

«Già. Ho un contratto per documentare l'ArtWave per il catalogo finale.»

Cerco di apparire disinvolto, ma so che sto cercando di vantarmi un po' per l'occasione che mi è stata offerta, un vecchio riflesso che mi segue da quando sento di dover sempre dimostrare di valere qualcosa.

«Allora in un certo senso siamo colleghi.» Muove la testa e scuote i capelli, che si spettinano appena. «Io gestisco un boutique-hotel qui vicino: l'High Tide. Durante il festival ospitiamo alcuni artisti e facciamo da location per le performance. Sai, mare, tramonto, vino eccellente, buon cibo... roba che fa impazzire Instagram.»

Ecco perché mi sembrava a suo agio su questa spiaggia: è il padrone di casa.

«Interessante» replico, tentando di non fissargli le braccia e il torace muscoloso. Davvero, non lo faccio. O almeno ci provo.

«Ascolta…» continua e io non ho idea di cosa stia per dire. «Ecco, io pensavo… per averti salvato quell'aggeggio costosissimo, mi sembra giusto chiederti in cambio una cena. Offro io, naturalmente sarai mio ospite. Ho un ristorante interno che fa delle ostriche affumicate degne di una rinascita, fisica e spirituale.» Alza un sopracciglio e mi rivolge un'occhiata, a metà tra la sfida e un invito galante.

La sua proposta mi arriva come un'onda gelida. Istintivamente faccio un passo indietro. Una cena con lui vuol dire lasciare la mia comfort zone professionale, significa raccontarmi, magari anche ridere con qualcuno che non conosco abbastanza e rischiare di farmi colpire e, ancora peggio, di lasciarmi coinvolgere. Dopo Evan, dopo la sua abilità di trasformare ogni confidenza in un'arma contro di me, non sono più certo di saper valutare i confini. Sono ancora troppo vulnerabile, questo è sicuro.

«Apprezzo il gesto» sussurro, cercando di trovare la forza di rifiutare e resistere alla tentazione. Luke Whitaker è un uomo maledettamente attraente. «Ma devo ancora scaricare tutta l'attrezzatura, sistemarmi in albergo… E poi devo preparare la scaletta dello shooting di domani. Magari un'altra volta.»

Sento la mia stessa voce irrigidirsi, anche se cerco di addolcirla con un mezzo sorriso. Mi costa rifiutare, ma non ho altra scelta. E poi... insomma, magari la sua unica intenzione è solo quella di essere gentile, non è detto che abbia un secondo fine nei miei confronti.

Luke annuisce, ma leggo un lampo di delusione dietro alla sua cordialità.

«Capisco. L'offerta resta sempre aperta, comunque. L'High Tide è in Cliff Drive, due isolati a nord. Passa quando vuoi, anche solo per un caffè. Jack gradirà avere un po' di compagnia.»

«Ti ringrazio, lo terrò a mente.»

Il cane scodinzola. Io mi schiarisco la gola e punto l'obiettivo verso il mare per far capire che la conversazione è giunta al termine, almeno per ora. Luke fischia un richiamo e Jack balza sul sentiero, scodinzolando allegro. Poi si volta un'ultima volta, alzando la mano in segno di saluto. Il sole, finalmente sopra l'orizzonte, sembra quasi disegnargli un'aureola d'oro dietro ai capelli.

Respiro a fondo. Il sale mi pizzica le labbra secche, il cuore batte qualche colpo troppo accelerato. Dentro di me ho la sensazione di avere due voci in perenne conflitto: una vuole disperatamente accettare quell'invito, l'altra mi ricorda il dolore che porto ancora sulle pareti

11

dell'anima, invisibile esternamente ma sempre pulsante.

Mi guardo ancora intorno per qualche istante, poi salgo in macchina. Sulla mappa che mi hanno inviato, leggo che l'organizzazione del festival ha prenotato per me un hotel in zona indicato solo come "HT – Suite 3". Guardo l'abbreviazione e ci metto un istante a collegare i puntini. Anche la strada coincide.

HT. High Tide? Non può essere, dannazione!

«Ma no...» Borbotto tra me, girando la chiave nel cruscotto. Il motore parte, la radio si sintonizzata su una stazione locale che rilancia una ballata anni '80 decisamente troppo sentimentale per i miei gusti. Esco dal parcheggio mentre la luce aumenta di intensità sopra la baia.

Se il festival mi ha prenotato una stanza nell'albergo di Luke, allora quella cena mancata non è un addio definitivo, ma un arrivederci inevitabile. E io non sono affatto pronto. Controllo di nuovo la mail sul telefono: la prenotazione è già pagata, non rimborsabile. Un mese intero, cazzo, per documentare il tutto! Il destino non mi aiuta.

Un mese intero con l'uomo dagli occhi grigio-azzurri che già sembrava quasi leggermi dentro senza nemmeno saperlo. Un mese intero a tentare di nascondermi e tenermi alla larga da un'attrazione inevitabile nei suoi confronti.

Chiudo la mail e sospiro, rassegnato. Il volante mi scivola sotto le dita leggermente sudate. In questo momento del mio viaggio di lavoro non esistono uscite di sicurezza che non mi facciano precipitare di nuovo nel vuoto da cui sono scappato.

Il Pacifico, intanto, continua a frangersi a sinistra della strada che sto percorrendo. Mi chiedo se saprò tenere il ritmo o se, invece, finirò di nuovo sommerso.

Comunque sia, ho già infilato la strada costiera. Non posso tornare indietro e nemmeno cambiare destinazione. Devo accettare la sfida, non c'è retromarcia che possa modificare davvero la direzione intrapresa da questa nuova onda del destino.

CAPITOLO 2

Luke

Il profumo di caffè tostato che si diffonde intorno in modo fin troppo invitante si mescola con quello più sottile, e quasi impercettibile, della cera d'api appena passata sul corrimano di teak. È proprio questo l'aroma con cui voglio accogliere i miei ospiti quando varcano la soglia dell'High Tide. Una promessa di calore dopo la brezza del Pacifico, come una carezza che suggerisca: "qui ti puoi rilassare, sei al sicuro".

Peccato che io sia l'unico a non riuscirci mai davvero. Sono troppo preso dai vari problemi e dilemmi, reali o presunti, che si ammassano costantemente rendendomi l'esistenza una sorta di lotta continua.

Comunque, meglio non pensare a me e alla mia quasi inesistente vita privata. Meglio concentrarmi sul lavoro che in fondo è l'unico a darmi qualche vera soddisfazione.

«Raphael, assicurati che le lenzuola per la Suite 3 siano di lino grezzo, non cotone egiziano. L'artista che arriverà oggi preferisce tessuti traspiranti, così ci è stato suggerito nella mail di prenotazione che ci è stata inviata.»

Il mio concierge annuisce con la pazienza di chi sa che controllo ogni minimo dettaglio non per manie di grandezza, ma per necessità. Anche se la verità è che in trentadue anni di vita sono diventato un perfezionista, forse anche un po' troppo pedante, per placare un'altra voce che da sempre domina incessante dentro di me: quella di Jocelyn Whitaker, mia madre, decana del bon ton di Cedar Falls, Wisconsin. Il mio incubo ricorrente, al momento, è che tra pochi giorni, sempre che non cambi idea prima di partire, sarà nella hall a controllare tutto con la stessa severità con cui faceva scivolare un dito sul ripiano di legno della nostra cucina, cercando granelli di polvere clandestini che non erano stati adeguatamente spazzati via.

Provo a rilassarmi con un respiro profondo. Il mare al di là delle vetrate è illuminato della luce pomeridiana. L'ArtWave comincerà ufficialmente domani, ma buona parte degli artisti sono già arrivati a ondate irregolari. L'hotel è diventato ormai un deposito di cavalletti, custodie di violoncelli e scatole di LED colorati. Ho stampato un programma con codici per le sale prove, attaccato mappe nei corridoi, disposto ciotole per il mio cane Jack (un vero furbacchione quando si tratta di far sparire cibo) perché non rubi croissant di nascosto. Ma mi sento comunque impregnato in quella tipica situazione di caos che mia madre definirebbe "non professionale", con il suo tono freddo e distaccato che sa sempre trasformare un complimento in un rimprovero.

Sarah Lloyd, una delle curatrici principali dell'ArtWave, mi intercetta alla reception. Il suo caschetto nero luccica sotto la lampada di rattan.

«Buongiorno, Luke. Stasera montiamo la pedana sul belvedere per la performance di Mars. Posso rubarti la presa da 220 V?»

«Ruba tutto ciò che vuoi, Sarah, tranne la mia pazienza» scherzo e le strizzo l'occhio. «Me n'è rimasta ben poca, temo.»

«Tranquillo, capo» ridacchia Sarah. «Se vuoi ti do in cambio le mie continue corse contro il tempo! Ma sono comunque certa che ce la faremo… e che sarà un grande successo!»

Invidio la sua sicurezza, nonostante tutto Sarah è convinta di essere nel posto giusto, come se lo avesse sempre saputo. Io, invece… io non so proprio nulla, a volte. Come se le mie certezze si ritrovassero in una costante battaglia per convincermi ad andare avanti, a progredire nel tentativo di realizzare qualcosa di buono, per me stesso e per gli altri.

Comunque, ne approfitto per fare un ulteriore giro delle stanze ancora in attesa di accogliere i nuovi ospiti, per controllare che sia tutto sistemato al meglio. Le lampade a globo diffondono una luce ambrata sulle pareti color sabbia, i diffusori spargono accordi di bergamotto.

La Suite 3, quella destinata ad Arden Morales, è pronta per accoglierlo: biancheria di lino, cestino di benvenuto con fichi e pistacchi, un biglietto scritto a mano (*"Per qualunque esigenza, citofona 101, Luke"*). Alla fine, ammetto che il giro delle stanze è stata una scusa. Era proprio qui che volevo arrivare. Ad attendere lui. Per rivedere quello sguardo intenso, quella pelle dorata, quegli occhi ambrati.

Scuoto la testa, mi sento un idiota. Non dovrei nemmeno pensarci dopo il suo rifiuto al mio invito a cena. Anche in quello sono stato "non professionale", a dire il vero. Mi sarei dovuto trattenere, ma non ho resistito.

Lascio il portachiavi sul tavolino, deciso ad andarmene. Ma invece mi volto per avere un quadro d'insieme della stanza, ripercorro qualche passo, mi avvicino al letto e sfioro il cuscino per eliminare un'inesistente grinza.

Quando esco, il silenzio del corridoio mi avvolge e mi ricorda che forse non riuscirò mai ad averla davvero vinta contro il mio stesso perfezionismo. Ma, quel che è anche peggio, non riuscirò nemmeno ad averla vinta contro il mio istinto che mi conduce sempre verso sentieri impraticabili, speranze inattuabili, sogni che probabilmente non si realizzeranno mai. Ed è proprio di fronte a questo che mi dovrò arrendere, prima o poi. I sogni irrealizzabili: il mio tormento, la mia condanna.

CAPITOLO 3

Luke

È quasi mezzanotte quando collasso sul divano del mio appartamento al piano terra. Jack dorme raggomitolato, il muso sul cuscino che ha eletto a territorio personale. Sul tavolino sento squillare una notifica: una mail da parte di mia madre. Leggo la stessa frase tre volte. Conta di arrivare anche prima del previsto. Quindi non ha intenzione di cambiare idea. Va bene, ciò significa che dovrò affrontarla.

Il muscolo intercostale sotto la scapola destra si irrigidisce, come se volesse dirmi che il mio margine d'errore si assottiglia. Devo ancora trovare il coraggio di spiegarle che il suo bravo e devoto figlio non le darà un nipote biondo e con le fossette, ma ha già dato il cuore a un uomo una volta e rischia di farlo ancora. Non si è trattato soltanto di un bisogno di sperimentare qualcosa di nuovo e di diverso. Non si è trattato di una fase, soprattutto.

Un impulso mi spinge a uscire, ho bisogno di prendere aria. Indosso le infradito e la felpa. Jack, sentendo lo scricchiolio della porta, solleva un orecchio e mi lancia un'occhiata scettica. Torno indietro e gli accarezzo la testa.

«Tu resta pure qui e fai la guardia, generale.»

Lui socchiude gli occhi e sbadiglia spalancando la bocca in modo esagerato, interpreto la risposta come un "vai pure". Mi sembra evidente che non si sogna proprio di uscire con me per farmi compagnia.

La notte sulla spiaggia sembra un velluto blu, punteggiato dai bagliori dalle case che si trovano a picco sulle scogliere. La risacca è come un mantra ipnotico, mi aiuta a respirare a fondo. E lì, tra la linea nera dell'acqua e il confine ora grigiastro della sabbia, vedo una sagoma chinata dietro a un cavalletto. Reflex puntata sul mare notturno, spalle avvolte in una camicia di flanella sbottonata sulle maniche, nonostante la brezza notturna.

Nel corso della giornata, tra un'incombenza e l'altra, mi sono perso il suo arrivo all'High Tide.

Ma è lui. Indubbiamente lui. Arden.

Rallento i passi per non disturbare. Il flash però non scatta. Sta usando solo la lunga esposizione, lasciando che la fosforescenza del plancton illumini l'inquadratura. E all'improvviso capisco, sta tentando di catturare la bioluminescenza, quell'azzurro elettrico che appare e scompare in pochi secondi. Un fenomeno che richiede un'infinita pazienza, un po' di fiducia e molto amore per il proprio lavoro. Dal suo sguardo concentrato credo che per lui sia proprio così. Ama il suo lavoro e si vede.

Mi avvicino di qualche passo, mantenendomi però a distanza di sicurezza. Riesco a vedere il suo viso di profilo, definito dalla barba incolta di un paio di giorni. Gli occhi color ambra si stringono per mettere a fuoco, un ciuffo ribelle gli cade sulla fronte e lui lo spinge via quasi con stizza, troppo concentrato per curarsene. Non si è accorto di me, così posso osservarlo con tutta calma.

Noto che i suoi movimenti sono lenti, studiati, come se chiedesse il permesso al mare prima di rubargli un segreto. In questo momento mi sembra più vulnerabile che mai e mi ritrovo ad incrociare le braccia al petto, come se con un abbraccio potessi contenere tutta quella bellezza inaspettata.

Percepisco un clic. Arden abbassa la fotocamera e riguarda lo scatto sul display. Ed è allora che solleva la manica arrotolata di qualche centimetro, muovendo il braccio e rivelando una cicatrice sottile ma piuttosto lunga, obliqua, proprio all'interno del polso sinistro.

Muovo un altro passo avanti ma, come se avessi pestato un cavo invisibile, il timore mi trattiene ancora. Intanto inizio a riflettere, ad elaborare. Forse sto esagerando con le mie supposizioni, una cicatrice può avere molteplici significati. Talvolta è un grido d'aiuto, altre volte un invito a non fare domande scomode. Resto sospeso tra due istinti opposti: il desiderio di prendergli la mano e chiedergli di raccontarmi, di condividere parti di lui che vorrei conoscere e il timore di far scattare un allarme che chiuderebbe tutte le porte prima ancora che io provi a bussare.

La sabbia scricchiola leggera sotto il mio peso. Arden, come seguendo un richiamo, si volta di scatto verso di me. I suoi occhi si allargano, poi si rilassano riconoscendomi.

«Non riuscivi a dormire nemmeno tu?» sussurra, come se la notte gli imponesse di modulare la voce. Non accenna al fatto di essere arrivato qui. Come se desse per scontato il fatto che entrambi ci aspettassimo di ritrovarci.

«Il mare a volte fa questo effetto.» Non so che altro dire e lui si limita a un sorriso obliquo. «Ha i suoi segreti.»

«Credo di averne preso uno in prestito.» Alza la reflex e si avvicina per mostrarmi il display. Il mare sembra un tappeto di polvere di stelle, le onde si delineano in profili trasparenti e la figura di Arden si trova al margine sinistro dell'inquadratura, come una sagoma scura tra due mondi di luce.

«Se puoi stampare quella foto in un formato abbastanza grande, la vorrei nel mio atrio» gli chiedo con una sincerità che mi spaventa. «Sono disposto a pagare, ovviamente.»

Il suo sorriso s'incrina, forse per l'imbarazzo.

«Vedremo.»

Abbassa lo sguardo e noto che piega l'avambraccio destro sul sinistro, fino a coprire la cicatrice in un gesto troppo spontaneo per essere calcolato. Forse è dettato dall'abitudine.

Mi rendo conto che è il momento di chiedere, ora o mai più. Ma è come se la lingua mi si fosse incollata al palato. O forse è l'imminente arrivo di mia madre a bloccarmi.

In ogni caso, mi faccio coraggio e cerco di essere il più naturale possibile.

«Domani alle sette Jack e io facciamo la nostra solita passeggiata. Se ti serve un modello puoi venire con noi. Come modello intendo Jack…»

Non so come mi sia uscita la richiesta, mi sento comunque un idiota.

Arden ride con un soffio di voce.

«Lascia in pace il tuo povero cane. Ma grazie, comunque.»

Annuisco e sorrido. Restiamo qualche secondo a fissare il mare in silenzio. Potrebbe sembrare un silenzio imbarazzato, invece con il trascorrere dei minuti diventa quasi confortante. Siamo poco più che estranei, lo so, ma è come se avessimo trovato un punto d'incontro. O, forse, anche più di uno.

Quando ci incamminiamo verso l'hotel, le nostre ombre si sfiorano senza toccarsi. Vorrei che succedesse, ma non accelero il passo e non provo ad avvicinarmi più del dovuto. Lui regge la reflex con entrambe le mani, i pollici tamburellano sulla macchina, forse con la sua mente già sta rielaborando l'immagine, regolando le curve, calibrando i contrasti.

L'ingresso dell'High Tide appare illuminato da lanterne a led. La porta girevole riflette i nostri profili. Sorrido al pensiero di cosa potrebbe accadere se ci lasciassimo andare, ma cerco di non oltrepassare i confini.

«Ne approfitto per darti il mio personale benvenuto all'High Tide.» Gli sorrido, cercando di mostrarmi disinvolto e sicuro, per quanto possibile. «Buonanotte, Arden.»

«Ti ringrazio. Buonanotte, Luke.»

Ognuno, dal corridoio, imbocca la propria direzione. Ma c'è un momento, forse solo immaginato nella mia mente, in cui sento che entrambi ci voltiamo nello stesso istante. Però siamo già troppo distanti per ottenere una vera e propria conferma.

Raggiungo la mia camera e mi stendo sul letto, liberandomi delle scarpe. Qualche minuto e il cellulare vibra sul comodino. Controllo il messaggio e mi appare il nome "mamma". Deglutisco prima di scorrere l'anteprima.

"Hai ricevuto la mia e-mail? Arrivo prima del previsto, tesoro. Non vedo l'ora di vedere il tuo meraviglioso hotel sistemato a dovere per il grande evento!"

Quel punto esclamativo è più rumoroso di tutte le altre parole messe insieme. Prima del previsto. Mi mordo le labbra e sospiro. La verità è che quel "prima del previsto" mi inquieta, quasi come una minaccia. Non posso fare a meno di chiedermi: perché proprio adesso? Soprattutto, non posso fare a meno di prendermela con il destino e, in parte, anche con me stesso visto che non sono mai riuscito a parlarle chiaramente. Non davvero, almeno.

Sento un cerchio alla testa e un peso sul petto, in contemporanea. Scorro altre conversazioni e poi vado sempre più in alto, soffermandomi su un vecchio messaggio in cui le confessavo, con frasi appena accennate, che provavo attrazione per un uomo. E subito dopo che avevo una storia con un uomo. La sua risposta era stata noncurante, come se si trattasse solo di una fase che avrei superato rapidamente.

"Di certo è solo un momento di passaggio."

Invece no. Non è così. Presto lei sarà qui e io temo di non essere pronto ad affrontarla, ma nemmeno a fingere che tutto sia superabile. Non questa volta, soprattutto. Ciò che per lei costituisce un "momento di passaggio" è la mia realtà quotidiana, la mia vita.

Chiudo gli occhi, ma l'immagine di Arden, vulnerabile e bellissimo, che scatta fotografie al mare di notte mi si ripresenta davanti come uno schermo protettivo. Vorrei prendere in prestito la sua capacità di fissare il caos e vedere la luce, riuscire ad afferrarla, a estrapolarla. O forse vorrei che lui stesso fosse la mia luce. La mia luce tra le onde.

Invece resto immobile, come il capitano di una nave che teme la tempesta ancora prima di salpare, per il rischio di esserne completamente sommerso.

A breve dovrò trovare il coraggio di rivelare me stesso, una volta per tutte. E di affrontarne le conseguenze. Non posso più nascondermi o tentare di rendere la verità meno sconvolgente. Io sono così. E voglio finalmente essere accettato e compreso, proprio così come sono.

CAPITOLO 4

Arden

Lo capisco appena metto piede sulla spiaggia. L'oceano oggi non è uno sfondo, è un protagonista assoluto. Il sole di metà mattina spruzza riflessi su ogni cosa, sulla spiaggia, sul mare, sulle tavole da surf che lo solcano con invidiabile audacia. E al centro di tutto questo, Sarah Lloyd, la brillante curatrice dell'ArtWave, e Marcus Delgado, detto Mars, artista sempre pronto a tradurre in poesia ogni sua emozione, sembrano perfettamente a loro agio. Li conosco già da un po' e mi piace lavorare con loro.

Sarah, da sempre un'incrollabile ottimista in tutto ciò in cui si cimenta, indossa una leggera muta nera su cui spiccano alcuni piccoli tatuaggi: onde stilizzate che corrono dal polso al gomito e curiose coordinate geografiche incise lungo il collo. Muove le mani con aria decisa, impartendo istruzioni ad

27

alcuni partecipanti sulla postura e sullo stile delle bracciate. Mars, in contrasto, indossa una muta glitterata color lavanda e porta un caschetto fucsia fluorescente che sfida la legge del buon gusto. Ogni tanto soffia in un fischietto dorato e declama qualche verso improvvisato.

Io stringo la reflex e sospiro, illudendomi in parte di non essere notato e di restare al sicuro dietro all'obiettivo. Proprio in questo momento, Sarah mi lancia un'occhiata indagatrice, penetrante ma benevola.

«Niente zona comfort per te oggi, Morales! Non ti nasconderai dietro all'obiettivo!»

Sorrido, annuisco e alzo gli occhi al cielo. Poi mostro il pollice in su con aria convinta, so che non l'avrò vinta contro Sarah, talmente è ostinata. Ma intanto il mio cuore batte quella nota sbagliata che risuona in me ogni volta che corro il rischio di provare a vivere davvero. A sentire davvero qualcosa.

Proprio in quel preciso istante, vedo Luke arrivare correndo sull'arenile con Jack che gli gira intorno. Indossa una muta corta che gli fascia le spalle larghe e le cosce solide da ex nuotatore. I capelli biondi, ancora asciutti, gli ricadono in parte sugli occhi finché non li scuote via con un gesto, di certo involontario ma sensuale, tanto da farlo sembrare un modello pubblicitario. Prendo quasi istintivamente l'inquadratura: lui che ride divertito con la sua tavola da surf sottobraccio, Jack che gli saltella intorno e il Pacifico che disegna un'arena bluastra alle loro spalle.

Scatto. Una volta, poi un'altra e ancora, ho la sensazione di non averne mai abbastanza. Così, in un microsecondo ho catturato qualcosa che nemmeno la mia coscienza aveva notato. Luke si volta all'improvviso e guarda verso di me con un'espressione che mescola adrenalina e sorpresa, come se si rendesse conto, in quel preciso fotogramma, che lo sto disorientando e confortando allo stesso tempo.

Poi si muove deciso verso di me.

«Mi hai immortalato mentre non ero in posa?» Mi sorride, avvicinandosi. «Non si fanno di questi scherzi!»

La sua voce profonda vibra e risuona nel mio petto. Riesco addirittura a sentirlo dentro, quasi fisicamente. Allora sollevo la reflex, a mo' di scudo, come a difendermi da lui e dalle mie sensazioni, soprattutto.

«Regalo alla gente solo ciò che merita» ribatto, ma la battuta mi esce meno affilata e pungente del previsto. Cerco di rimediare. «E li catturo nei loro momenti migliori, se posso. Se me lo permettono.»

«Perfetto.» Lui ruota la tavola sotto il braccio, poi senza preavviso tende la mano libera verso di me. «Ora tocca a te guadagnarti il pranzo e anche ripagarmi per quelle foto rubate. Vieni in acqua con me.»

Dannazione, mi sono messo nei guai senza volerlo!

Cerco una scusa, una qualsiasi. Anzi, più di una. Sarah ha bisogno di me per delle immagini ad alta risoluzione, devo preparare altri scatti per il lavoro dell'ArtWave... non so più cosa inventarmi!

Ma Luke non mi concede altro tempo. «Il tuo lavoro non ne risentirà di certo se ti concedi un po' di svago.»

Così afferra la tracolla della mia reflex, la sgancia dalla mia spalla e la consegna a Mars che esulta.

«Tranquillo, Arden. Proteggerò io il tuo tesoro! Tu vai e divertiti, ne hai bisogno!»

«Non ci so fare con il surf» protesto, rivolgendomi a Luke. «In realtà non ho mai imparato, ecco! Sono un disastro.»

«Ottimo. Ti insegnerò io. Sono bravo come istruttore.»

I suoi occhi grigio-azzurri brillano con una complicità che mi lascia senza fiato. Non va bene, così. Non va affatto bene.

Invece, mio malgrado, mi ritrovo con i piedi sulla tavola, nel tentativo di restare in equilibrio. L'acqua mi addenta i polpacci con la prima risacca e mi risale verso le cosce. È fredda, viva. Luke si trova proprio di fronte a me, con le ginocchia piegate e le mani aperte. Mi spiega come bilanciare il peso, come controllare il mio corpo, dove tenere lo sguardo. Ha un modo di parlare lento, sicuro, che fa sembrare ogni istruzione che mi dà un segreto antico, essenziale. Quando la prima onda ci solleva, mi aggrappo al suo avambraccio come se fosse l'albero maestro di una nave in tempesta. Lui ride, con quel suo modo di ridere basso e contagioso, che mi travolge ancora di più delle onde del Pacifico.

L'onda, impietosa, ci rovescia insieme in acqua. Mi sembra di bere tutto il Pacifico, risalgo tossendo ma ridendo allo stesso tempo. Luke mi aiuta a risalire, mi istiga a riprovare. Dopo tre tentativi riesco finalmente a sollevarmi in piedi, almeno per alcuni secondi, abbastanza perché la brezza fresca e leggera scateni dentro di me una sensazione di pura gioia. Scatto mentalmente una foto. Una foto di noi due, ancora in un equilibrio instabile, ma con il mare luminoso che ci avvolge trattenendoci uniti, legati.

Quando emergiamo dall'ennesimo tentativo, vedo Mars puntare l'obiettivo verso di noi e prepararsi allo scatto. Riesco a immaginare la mia espressione nella fotografia che ha appena scattato, accanto a Luke. In quell'istante, per la prima volta dopo troppo tempo, mi accorgo di non avere paura di essere visto, di essere accettato. Soprattutto, di non avere paura di ciò che sto iniziando a provare.

CAPITOLO 5

Arden

Verso l'una, Sarah dichiara terminata la lezione e tutti si dirigono al chiosco sul molo. Mi asciugo con un asciugamano ruvido, sento la pelle quasi bruciare di sale e di sole. Ho quasi la sensazione fisica non essermi mai sentito più vivo di così.

Anche io e Luke ci avviamo verso il chiosco, che sembra in perfetto stile californiano: murales psichedelici, succulenti spuntini per tutti i gusti, profumo di tortilla fritta. Ordiniamo due piatti di birria tacos e ci sediamo su una delle panchine di legno sistemate intorno. Luke addenta di gusto il suo taco, con il fervore di uno che non mangia da giorni. Poi alza lo sguardo e mi fissa.

«Allora, cosa ne pensi della California, dell'oceano e soprattutto del surf?»

«Sono in California già da un po', ma qui trovo tutto quanto incredibile, per certi versi spaventoso,

33

ma allo stesso tempo stranamente accogliente, familiare. Ma non credo che ciò che sto dicendo abbia un senso.»

Sto decisamente perdendo il senso delle mie parole e anche delle mie espressioni, temo. Mi riferivo davvero alla California e al surf... oppure a lui? Addento il mio taco per cercare di distogliere lo sguardo e celare le mie sensazioni.

«Ha senso, invece. Credo di aver capito cosa intendi.»

Scoppia a ridere. E io rido perché lo fa lui e non riesco a trattenermi. Il suono si mescola alla musica del chiosco, alle urla dei gabbiani, alle risate degli altri e di Mars e Sarah che discutono sul grado di piccantezza della salsa, eccessivo per lui e non sufficientemente saporita per lei.

Luke mi passa un tovagliolino di carta e così facendo sfiora la mia mano con le dita. È un contatto minimo ma rovente, per quanto mi riguarda. Per non focalizzarmi sul contatto, cerco di dire qualcosa. La prima che mi viene in mente.

«Io provo sempre a trovare un po' di luce nelle crepe. È il mio tema ricorrente, credo, anche nelle immagini che cerco di catturare.»

«Luce nelle crepe...» ripete lui. E lo fa come se stesse assaporando le parole, con la sua voce profonda, quasi roca in questo momento. «Credo di capire, ma vorresti spiegarmi meglio?»

Annuisco e inspiro a fondo. Il pensiero di Evan, dei suoi soprusi nei miei confronti, risale in superficie, ma io cerco di rimuoverlo, di cancellarlo, non voglio lasciare che il flusso mi trascini nell'abisso con il rischio di non riuscire più a riemergere.

«Si tratta di...» Mi mordo le labbra per un attimo, poi mi sforzo di deglutire. Non vorrei sbagliare in ciò che sto tentando di esprimere. Non vorrei nemmeno che Luke fraintendesse e mi giudicasse nel modo sbagliato. «Si tratta di trovare bagliori di luce dove nessuno guarda più, dove nessuno li cerca. Persone spezzate dentro, case abbandonate, oggetti dimenticati. Fotografarli è il modo in cui io ricordo a me stesso che anche in qualcosa di rotto può esserci tanta bellezza...»

Luke inclina la testa. Gli occhi gli si fanno lucidi per un attimo, ma forse è solo il riflesso del sole. Oppure si tratta soltanto di una mia impressione.

«E quando non trovi quella luce?» mi chiede. «Cosa fai?»

«La invento.» Sorrido, ma il sorriso mi si spegne a metà, tradito da un dolore remoto, come un fastidio che mi risale da sotto lo sterno e occupa sempre più spazio dentro di me. «O almeno ci provo.»

Luke annuisce, con un gesto lento. Morde l'ultimo pezzetto di taco, poi lancia la carta nel cestino con eleganza sportiva.

«Io credo che tu sia molto più coraggioso di quanto pensi, Arden.»

Il complimento inaspettato mi colpisce. Sto per rispondere, ma percepisco una vibrazione proveniente dal telefono, all'interno del mio zaino.

Controllo e vedo una notifica di Instagram: @evanclarke_therealvision 20 secondi fa ha messo tre like alle mie storie di questa mattina. E in quelle mie tre storie, oltre ad altre persone presenti all'ArtWave, c'era anche Luke, bene in vista. Anche più degli altri, dannazione!

Il sangue mi si gela nelle vene a dispetto del sole che riscalda la mia pelle e il mio corpo. Ripongo il telefono nello zaino tentando, forse invano, di mantenere il controllo di me stesso. Luke però non distoglie lo sguardo da me, è fin troppo attento ai miei movimenti e al mio linguaggio corporeo.

«Tutto okay?» Aggrotta la fronte.

Annuisco, troppo in fretta.

«Sì, certo. Nulla di importante, solo lavoro.»

«Il mondo della fotografia dev'essere molto competitivo, immagino.» Forse mi crede ma temo abbia colto l'ombra che mi ha appena attraversato. Però pensa che si tratti di lavoro, meglio così.

Mi costringo a sorridere, mi stringo nelle spalle ma non riesco più a rilassarmi, a lasciarmi andare come prima.

Per il resto del tempo, cerco di concentrarmi davvero sul lavoro, di lasciar defluire il pensiero opprimente che coinvolge il mio rapporto con Evan Clarke.

Nel tardo pomeriggio, la sessione di editing fotografico improvvisata al piano terra dell'High Tide riesce a distogliermi completamente. Mentre le ore scorrono, io rivivo gli scatti e gli istanti in cui ho immortalato quelle immagini: Sarah che solleva la tavola sopra la testa, Mars che ride con le gocce d'acqua sospese come brillantini, Luke che mi afferra per la vita mentre l'onda ci travolge. Ogni immagine è un momento prezioso, un bagliore di luce che mi riporta finalmente a galla, dopo essere sopravvissuto all'abisso, alle tenebre. All'inferno.

Ma l'eco di quella maledetta notifica Instagram disturba l'armonia faticosamente raggiunta. Evan ha guardato. Evan ha visto. Ciò significa che Evan sa. Evan ha di certo notato Luke, nelle mie storie. È sempre stato molto attento ai miei gesti, ai miei sguardi, agli altri uomini intorno a me.

Provo a convincermi che non è di certo un reato postare un momento felice, che ho tutto il diritto di avere un presente e anche un futuro. Però, quando salgo in ascensore verso la Suite 3, la sensazione di disagio e di paura mi prende alla bocca dello stomaco, senza che io riesca a placarla.

Apro la porta e mi guardo intorno. La stanza è identica a stamattina, a parte una cosa: sul letto, perfettamente in centro al copriletto color sabbia, c'è una fotografia stampata, di medie dimensioni. Avvicinandomi mi accorgo che l'immagine è strappata a metà in modo netto.

La riconosco subito. Siamo io ed Evan, circa un anno fa, in posa davanti a un murale, a Los Angeles. Io ho l'obiettivo in mano, lui tiene il braccio sulla mia spalla e mi rivolge uno sguardo ammiccante.

Un sibilo mi esce dalla gola, quasi in un rantolo. Non ci sono biglietti, nient'altro. Solo quell'immagine, oltre ai like alle mie tre storie. Come un avvertimento silenzioso: *"Io ti vedo. Io ci sono sempre. Io non ti lascio andare."*

Sposto lo sguardo verso la porta della stanza che ho lasciato semiaperta, come se mi aspettassi di vederlo apparire, afferrarmi di nuovo e infine distruggermi. Ma il corridoio è vuoto, tranquillo, fin troppo silenzioso.

«*Maldito*...» la parola mi esce in spagnolo, la lingua familiare che spesso parlo in casa, quando vado a trovare i miei genitori. La lingua che uso per tranquillizzare me stesso, quando voglio esorcizzare i miei demoni. Ed Evan è il mio demone per eccellenza.

Si trova qui intorno, da qualche parte. Mi ha raggiunto e mi ha trovato. Come sempre, del resto.

Vado a chiudere la porta, giro la chiave, appoggio la schiena al legno e mi porto una mano sul petto, cercando di tranquillizzarmi, di placare il respiro.

Il sole del tardo pomeriggio filtra attraverso le tende, proietta strisce dorate sulla foto strappata.

"Luce nelle crepe" mi ripeto. Luce nelle crepe. Ma questa crepa è troppo profonda, non ci sono bagliori che la possano risanare.

Stringo i pugni fino a sentire le unghie nella carne. Devo scegliere cosa fare. Dirlo a Luke? Metterlo al corrente della mia situazione? Ma perché dovrei? Cosa potrebbe mai importare a lui?

Quale alternativa mi rimane? Restare zitto e fare finta di niente? Perché raccontare a Luke cosa è successo qui, dell'intrusione che ho subito nella mia stanza all'High Tide, significherebbe... raccontargli proprio tutto. Del mio passato, della mia vita privata.

Allo stesso tempo, mi rendo conto che, come responsabile, dovrebbe saperlo, però…

All'improvviso una risata esterna, forse di Sarah o di un'altra ragazza, mi raggiunge, leggera e serena. Fuori, la vita continua a scivolare tranquillamente. Qui dentro, invece, sento il vecchio abisso aprirsi di nuovo sotto di me, pronto a inghiottire ogni singolo bagliore di luce di una giornata in cui ero riuscito a riassaporare qualcosa di simile alla felicità, al desiderio di aprire di nuovo il mio cuore a qualcuno.

CAPITOLO 6

Luke

Se c'è una cosa che ho imparato, nel corso della mia esperienza come albergatore, è che l'ospitalità può riuscire a far risplendere anche il cielo più cupo. Stasera la hall dell'High Tide mi appare luminosa come mai prima d'ora, con le sue lampade a sospensione e le candele di soia che tremolano sui tavoli elegantemente decorati. Ma la vera bellezza e il tocco di classe che rendono la hall ineguagliabile, sono le proiezioni soffuse delle fotografie di Arden sulle pareti color sabbia. Ogni tre secondi il Pacifico esce da una delle esposizioni e si trasforma in onde di luce e in un tratto d'inchiostro liquido dietro alla sua firma: *Arden Morales - Luce nelle Crepe*.

Jack sta dormendo pacifico dietro al bancone, stremato dalle corse e dai troppi complimenti che ha ricevuto nel corso della giornata. Raphael e gli altri collaboratori distribuiscono flûte di champagne californiano e Sarah, stretta in un abito nero con spalle nude e microfono auricolare, organizza meticolosamente l'afflusso degli ospiti. Io mi limito a fare da sfondo, con il cuore un po' in subbuglio mentre tento di seguire Arden che osserva i pannelli con le sue stampe più grandi.

Ora, mentre la sera frizzante sale dal mare e la prima ronda di applausi sfuma in parole e chiacchiere entusiaste, continuo a cercarlo con lo sguardo. Lo trovo infine accanto al pannello centrale, quello con il surreale mare bioluminescente e la sua sagoma appena percettibile all'estremità. Indossa una giacca leggera, ha i capelli castani ancora un po' umidi e arruffati, gli occhi ambrati che sembrano esprimere molto più delle parole. Sta conversando con Mars, sembra coinvolto da un discorso riguardante le immagini esposte.

Mi dirigo verso di loro, convincendomi che sia il momento più adatto per cercare di capire dove portare il nostro "rapporto", se così si può definire quell'elettricità innegabile che si è sviluppata tra di noi fin dal primo incontro. E che mi sembra stia crescendo d'intensità a una velocità implacabile, nel corso delle poche ore che abbiamo trascorso insieme. Devo capire, è arrivato il momento. Capire se anche Arden prova lo stesso o se si tratta soltanto di una mia idea, di una mia impressione.

Così percorro la breve distanza che ci separa. Quattro passi, tre, due... Ed è solo in questo momento che lo vedo. Un uomo alto, dal fisico asciutto ma muscoloso sotto un abito blu notte talmente perfetto da sembrare cucito su misura per lui. I capelli scuri sono pettinati all'indietro, la mascella ben definita, un sorriso calibrato da spot pubblicitario.

Non serve la scheda segnaletica che Arden, del resto, non si è mai premurato di mostrarmi. Sento a pelle che è *lui*. Lui, il tipo che su Instagram ha messo numerosi like alle immagini di Arden, soprattutto a quelle risalenti ai mesi scorsi. Mi sento un miserabile stalker, ma sono andato a vedere il suo profilo e ho scoperto che quell'uomo è proprio Evan Clarke, l'ex (forse non più ex ora) di Arden.

In ogni caso, per quanto mi riguarda, Evan Clarke questa sera ha fatto il suo ingresso come un coltello che mi scivola impietosamente nella schiena, piantandosi tra le scapole e scavando un solco dentro di me. Intanto però noto la colonna vertebrale di Arden irrigidirsi un istante prima che decida di spostarsi o almeno a provarci. Poi lo vedo avanzare, come se la stanza si fosse all'improvviso inclinata e qualcuno lo avesse costretto a scivolare verso quell'individuo dall'aria subdola, insidiosa. Ma è altamente probabile che il mio giudizio su di lui sia dettato dalla gelosia che sto provando ora nei suoi confronti.

Il mio stomaco si contrae. Mi fionderei a staccarli, lo prenderei addirittura a pugni se potessi, ma un'ancora invisibile mi trattiene. L'immagine di mia madre, le sue parole che mi ricordano di non agire impulsivamente. Soprattutto di non fare figuracce e di non mettermi nei guai in un momento così importante per me e per l'hotel. In questo, per lo meno, si tratta più che altro del mio buon senso a cui, per fortuna, scelgo razionalmente di dare ascolto.

Osservo da dietro un vaso alto di pampa grass, ma non riesco a sentire. Vedo che Evan sta dicendo qualcosa, Arden invece abbassa lo sguardo e le sue labbra si muovono appena. Il sorriso di Evan si allarga in un modo che conosco anche senza averlo mai sperimentato su di lui: quel tipo di sorriso sicuro e trionfante che pretende attenzione e gratitudine costanti, anche se nel frattempo ti colpisce fino a spezzarti.

Mi sposto di qualche passo per non essere beccato mentre li spio in modo troppo spudorato. Da questo punto posso vedere Arden di profilo. Evan gli sfiora la manica della giacca, con un gesto che mi appare confidenziale, intimo. Arden cerca di indietreggiare, ma l'altro accorcia la distanza, sollevando un braccio fino a posargli la mano dietro la nuca, nel tentativo di stringerlo in un abbraccio. Mi accorgo però che il modo in cui il pollice di Evan scorre su quel punto tra il collo e la mandibola di Arden sembra un segno di possesso più che di affetto.

Deglutisco e stringo i pugni. Devo cercare di non farmi dominare dalla rabbia. Lui può toccarlo così, evidentemente, io invece no. Poi sono preso da una sorta di timore, di ansia che non riesco a controllare. E se fosse Arden a volerlo? Se quel sottile legame, quell'intesa che sta nascendo tra di noi in realtà non esistesse davvero? Se fosse solo frutto della mia fantasia, del mio desiderio nei suoi confronti? Dovrei spostarmi, invece rimango immobile, tanto da non accorgermi di Mars che si sta avvicinando.

«Ehi, surfista, tutto bene? Hai la faccia di chi appena visto qualcosa di davvero orribile! O sbaglio?»

Gli rivolgo un sorriso tirato e me ne rendo conto. Purtroppo, non riesco a fare di meglio. Non sono così bravo a fingere.

«Nulla da segnalare, in realtà.» Mi stringo nelle spalle, temo di non risultare troppo convincente.

Mars annuisce brevemente, poi aggrotta la fronte e lancia uno sguardo nella direzione in cui stavo guardando io, percepisce la tensione e stringe le labbra.

«Quello è il motivo per cui Arden ha passato l'inferno, lo scorso anno. E anche ora, credo proprio che non sappia come liberarsene, purtroppo. Quell'individuo è davvero tossico.»

Lo ascolto cercando di non replicare, non vorrei sbilanciarmi. Non è il luogo e soprattutto non è il momento per cercare di intervenire e combinare un disastro.

Per fortuna, il discorso inaugurale di Sarah mi salva da un'impulsività che avrei rimpianto. Tutti i presenti si concentrano sulla piccola piattaforma di legno. Io mi sposto vicino al tavolo degli stuzzichini, prendo un calice di vino e lo trattengo tra le dita, per tentare di distogliermi.

Sarah, molto abilmente, parla di *"luce resiliente, narrativa introspettiva con un significato profondo, rinascita come atto di libertà"*. Ogni parola che pronuncia dovrebbe rendere Arden orgoglioso per il suo lavoro, ma lui sembra ancora in balia di Evan, come se lo stesse soggiogando con i suoi gesti, con i suoi sguardi. Riesco a percepirlo, anche se li osservo solo con la coda dell'occhio. Inclinano entrambi la testa, discutono e i loro volti sono all'improvviso fin troppo vicini.

Nel frattempo, la serata procede tra applausi e ospiti che brindano. Arden finalmente sembra liberarsi dall'oppressione di Evan e mi cerca nella folla. Mi intercetta e si avvicina. Nel suo sorriso un po' forzato leggo delle scuse, anche se in effetti non ha alcun motivo di essere dispiaciuto nei miei confronti.

«Ehi... va tutto bene?» mi chiede, ma è lui quello che sembra avere qualche problema.

Vorrei parlargli, esprimere davvero ciò che penso. Però ciò che mi esce, con un tono neutro, invece è freddo, distaccato. Anche se dimostro indifferenza, dentro non riesco a placare la corrente che mi avvolge da capo a piedi.

«Io sì. Invece tu?» All'improvviso decido di sbilanciarmi, di rischiare. «C'è qualcosa che non va? Arden... puoi parlarmene, se vuoi.»

Arden si avvicina di un altro passo, poi si blocca, si stringe nelle spalle e scuote la testa.

«È complicato.»

Non aggiunge altro. La sua voce è bassa, tesa. Pronuncia solo due semplici parole che però, per quanto mi riguarda, hanno il potere di mille campanelli d'allarme. Mi serve meno di un secondo perché la mia parte razionale soccomba all'istinto di protezione che si scatena in me in questo tipo di circostanze. Ma non posso comunque intromettermi in situazioni che non mi riguardano, di questo sono consapevole. E mi rendo conto dell'influenza che Evan esercita ancora su di lui.

«Sono stato tanto sciocco da credere di poter far parte, in qualche modo, di questa "complicazione". Invece, a quanto pare, mi sbagliavo.» La frase mi esce troppo in fretta, prima che io possa fermarla, e soprattutto troppo tagliente. «Ti chiedo scusa.»

Lo vedo mordersi le labbra, arretrare come se avessi minacciato di graffiarlo o, peggio ancora, di ferirlo nel profondo. Poi lo vedo cercare le parole per rispondermi, ma infine rinuncia e socchiude gli occhi restando in silenzio.

Vorrei dire qualcosa, provare a rimediare in qualche modo, ma Sarah lo chiama e lo invita a raggiungerla per una foto destinata alla stampa locale. Lo seguo per un attimo con lo sguardo, poi cerco di distogliermi. Devo riuscire a mantenere il controllo, ora più che mai.

Decido che la distanza è l'unica strategia possibile, in questo caso. Così mi sposto verso la terrazza esterna, dove il vento della sera cancella momentaneamente profumi e voci. E, in parte, anche il mio risentimento, il senso di incompiutezza che mi assale. Appoggio il mio calice sul parapetto, non ho più nemmeno voglia di bere. Il mare non si arrende, persiste con quella sua risacca ipnotica che di solito ha il potere di calmarmi. Però stanotte non funziona, purtroppo. La trovo minacciosa, come se ogni onda volesse ricordarmi che nulla va mai come avrei sperato.

«Un gran bel locale, davvero accogliente.» La voce di Evan Clarke arriva alle mie spalle, disinvolta, compiaciuta. «Complimenti.»

Non ho bisogno di voltarmi per sapere, avverto il suo sorriso sicuro prima di vederlo. Però mi giro comunque. I nostri sguardi si incrociano, i suoi occhi nocciola, caldi solo in apparenza, sembrano in realtà due armi micidiali, pronte a distruggere.

«Grazie» rispondo, cercando di mantenere un tono neutro e professionale. Poi non riesco a resistere. «Arden ha fatto un lavoro incredibile.»

Sorride appena, con quell'aria strafottente che ormai ho compreso fa parte di lui, del suo modo di essere e di rapportarsi agli altri.

«Arden fa sempre di tutto per mostrarsi al meglio quando ha qualcuno da incastrare che gli scodinzola intorno.»

Sa esattamente dove colpire, è davvero un maledetto stronzo. Sta cercando di provocarmi, non è difficile capirlo. E ci sta riuscendo, cazzo!

«Se sei qui per lui, per importunarlo in qualche modo, sappi che...»

«Oh, no.» Si avvicina di un passo, poi di un altro, invadendo quasi il mio spazio vitale. «Io sono qui per te, Luke. Vorrei solo che evitassi di investire troppo in qualcosa di... davvero effimero.»

Inclina la testa, come chi è disposto a condividere un segreto o a dare un consiglio amichevole. Forse non sa che basterebbe davvero poco per accendere la miccia che sta per esplodere dentro di me.

Mi appoggio al parapetto. «Dove vuoi arrivare?»

Evan si porta il bicchiere alle labbra, sorseggia lentamente, poi si stringe nelle spalle con l'aria più innocente di cui è capace.

«Al fatto che, anche se tu riuscissi a ottenere qualcosa da lui, non andrà mai avanti come pensi o vorresti tu.» Le sue parole sono lente, soppesate. Ma crudeli al punto giusto. «Fidati, lo so per esperienza. Lo conosco molto meglio di te. Arden è bravissimo a scappare quando le cose si complicano o le situazioni si intensificano.»

Sento un urlo, che sono costretto a trattenere, risuonare nella mia cassa toracica. Poi un fischio agli orecchi, come se qualcuno avesse abbassato di colpo il volume al resto del mondo e lasciato solo le parole di Evan Clarke che si ripetono a tutto volume nella mia testa.

Non rispondo. Non posso. Tutto il self-control che ho imparato nel corso degli anni sembra annullarsi di fronte a questo individuo. Però, in qualche modo, riesco a trattenermi restando immobile e in silenzio mentre Evan si defila con la sicurezza di un giudice che ha appena emesso la sua sentenza.

Quando riprendo a respirare, recupero il mio bicchiere, anche se il desiderio di bere mi è davvero passato del tutto. O forse avrei bisogno di qualcosa di decisamente più forte. Intanto, il mare notturno continua a infrangersi sulla riva, indifferente ai miei turbamenti. Ma io percepisco la corrente cambiare direzione proprio sotto la mia pelle, pronta a portare via ogni appiglio, ogni speranza di poter raggiungere qualcosa di bello in questa vita, qualcosa di vero. Qualcosa di simile alla felicità.

CAPITOLO 7

Arden

Nei giorni successivi alla mia "incomprensione" con Luke, scaturita soprattutto dalla presenza di Evan e dal mio stato di tensione generale, la situazione tra noi sembra essersi assestata. In realtà abbiamo proprio evitato di parlarne, come se l'incidente non fosse mai avvenuto. Abbiamo trascorso altri momenti piacevoli sulla spiaggia, anche insieme a Sarah, Mars e gli altri. Non ci siamo avvicinati davvero, non quanto vorrei io almeno, ma nemmeno allontanati. Persistiamo in una fase di "amichevole conoscenza", ci sfioriamo spesso ma è come se nessuno di noi due osasse sbilanciarsi troppo e, per il momento, direi che va bene così. Di certo non vorrei affrettare le cose, rischiando di rovinare davvero tutto.

Sono anche molto preso dal lavoro, per cui cerco di mantenermi calmo e concentrato per riuscire a rendere al meglio. Voglio che tutto sia perfetto, questo incarico è davvero importante per me e potrebbe rappresentare una svolta per la mia carriera.

Anche gli altri, comunque, stanno contribuendo a rendere questo evento memorabile. Oggi, per esempio, la veranda dell'High Tide sembra essersi trasformata in un set cinematografico degli anni Cinquanta. Le tovaglie di colore avorio sono stirate alla perfezione, le posate d'argento emanano una luce intensa ed enormi finestre incorniciano la costa, come in un quadro vivente. Io, a dire il vero, mi sento quasi un infiltrato con la mia giacca spiegazzata e l'aria sconvolta. Sembra che il caffè del mattino non abbia avuto alcun effetto su di me, visto che non è proprio riuscito a svegliarmi.

Luke, con la camicia azzurro pallido e le maniche rimboccate con cura, attende all'ingresso. Dalla sua postura rigida sembra che gli abbiano imposto un copione da imparare a memoria e che ora se lo stia ripassando per non commettere errori.

Poi la vedo. Da come me l'hanno descritta nel corso delle giornate precedenti, preannunciando il suo arrivo, è indubbiamente lei. Jocelyn Whitaker entra con la potenza di una giudice federale con il suo tailleur color crema, la collana di perle e i capelli biondi perfetti nonostante l'umidità. Intanto diffonde nell'aria un prepotente profumo di gardenia che mi ricorda certi spazi del Midwest. I suoi occhi azzurri, di un colore molto simile a quello di Luke, passano in rassegna l'ingresso e poi la sala, come se stesse misurando linee e strisce di polvere invisibile. Quando incrociano i miei, nella sua mente sembra lampeggiare un interrogativo che invece rimane inespresso.

Forse perché io stesso la sto osservando come se la conoscessi.

Luke, nel frattempo, si muove verso di lei.

«Mamma, benvenuta all'High Tide.»

La bacia sulla guancia e il suo sorriso ostenta una sicurezza strana, come se la situazione fosse completamente sotto controllo. Forse per lui lo è davvero, in effetti.

«È veramente incantevole, tesoro.» Jocelyn ruota il busto per lanciare una rapida occhiata intorno. «Odora di…» annusa l'aria, inarca un sopracciglio. «Di cosa, esattamente?»

«Cera d'api al fico nero. Formula artigianale» risponde Luke con la voce che sembra di un paio di toni più alta del solito. Non so nemmeno io se sia serio e se la stia prendendo in giro.

Guardano nella mia direzione e i nostri occhi si incrociano, così lui è costretto ad avvicinarsi e lei lo segue. Mi presenta a sua madre, senza quasi guardarmi.

«Mamma, lui è Arden Morales, il fotografo ospite per il festival.»

Solo "fotografo ospite", quindi. Niente cenni ad altro, all'amicizia, alla sintonia tra di noi, al divertimento di questi giorni, al lavoro svolto insieme, ai momenti che abbiamo condiviso, alle riflessioni sulla luce e sulle ombre. A tutto il resto, insomma.

Mi sento uno sciocco, da un certo punto di vista. Ma del resto, cosa mi aspettavo? Che mi presentasse a sua madre come... come qualcosa che io stesso non so ancora definire?

Dentro di me sento però risuonare un campanello d'allarme che mi avverte: *"Non addentrarti in questa storia. Rischi di farti male."* Allo stesso modo, sento lo stomaco stringersi, ma allungo la mano cercando di celare i miei reali pensieri.

«Molto piacere, signora Whitaker.»

Jocelyn la stringe con fermezza e mi rivolge un sorriso di cortesia, ma piuttosto indifferente.

«Che meraviglia avere un artista fra noi. L'arte aggiunge sempre... un certo colore.»

Trovo la pausa tra "sempre" e "colore" piuttosto significativa. Quanto basta per farmi immaginare una macchia su un tessuto pregiato. Come del resto mi sto sentendo io in questo momento, un elemento decorativo di scarsa importanza.

Vengo invitato a pranzo, come se fossi un collaboratore importante, insieme anche a Sarah e a Mars. Cerco di mantenermi tranquillo e rilassato, mentre Jocelyn parla del suo viaggio, dell'aeroporto, dei giovani fin troppo vivaci e dei cibi alternativi venduti nei chioschi. Mi rendo conto che, nonostante ne stia parlando con una sorta di tenera condiscendenza, ogni sua frase trasuda pregiudizio e anche un certo distacco nei confronti di ciò che non ritiene conforme alle sue "regole".

Non vorrei essere prevenuto nei suoi confronti, ma mi accorgo che anche Luke sembra a disagio. Io rispondo a monosillabi per cercare di contenere i miei reali pensieri, mentre Sarah e Mars riescono, per fortuna, a essere spontanei e ad animare la conversazione.

Dopo pranzo, Luke propone un giro in barca, forse allo scopo di sbloccare un po' la situazione.

«È la vista migliore sulla scogliera e sulle installazioni costiere dell'ArtWave.»

In realtà, comprendo le sue intenzioni. Sta cercando un contesto neutro dove l'oceano faccia da sfondo all'imbarazzo che rischia di crearsi con sua madre, oltre al disagio che purtroppo si è creato dopo l'inaspettata comparsa di Evan.

Se seguissi l'istinto mi allontanerei per rifugiarmi da qualche parte da solo, invece accetto perché non voglio complicare la situazione tra noi. E nemmeno tra lui e sua madre.

Quando salpiamo, Luke è al timone della barca a motore, Jocelyn è seduta a prua con Sarah a parlare di moda, io mi ritrovo a poppa con Mars e con Jack che se ne sta tranquillamente disteso a godersi la brezza piacevole.

Il mare è uno specchio azzurro leggermente increspato. A un certo punto, Sarah indica a Jocelyn alcuni dei murales che appaiono sulle falesie. Tra le altre immagini sono rappresentate anche bandiere arcobaleno con slogan significativi sull'amore, sull'importanza della resistenza, sulla libertà di scegliere come vivere e chi amare.

Vedo Jocelyn sgranare leggermente gli occhi, poi corrugare la fronte, prima che quel suo solito sorriso di sufficienza le si disegni sulle labbra rosate.

«Molto espressivo, direi» commenta. Poi, si rivolge a me: «Immagino che un artista bohémien come lei si trovi a suo agio in questo ambiente così colorato. Stimolerà le sue… fantasie?»

Ancora quell'atteggiamento. Ancora quel tono condiscendente ma, allo stesso tempo, un po' sprezzante. Mi sento avvampare. Devo cercare di trattenermi, lo so!

«Direi che si tratta di verità più che di fantasie. L'arte dà voce a chi spesso viene costretto al silenzio. O giudicato con superficialità, senza nemmeno fare lo sforzo di conoscerne il vissuto personale.» Non alzo il tono di voce, mi mantengo tranquillo, ma ogni mia parola esprime il disappunto che provo in questo momento. «Davanti ai soprusi non si può restare in silenzio.»

Jocelyn sorride, poi si sistema il foulard intorno al collo. «Oh, mio caro, il silenzio in realtà non è sempre un nemico. A volte è eleganza. E restare in silenzio a volte è la scelta migliore.»

«Con tutto il rispetto, signora, certe eleganze sono comode solo per chi può permettersele.»

Luke mi lancia un'occhiata supplichevole, sembra quasi in preda al panico. Capisco cosa mi sta chiedendo. Vuole che smetta di discutere con sua madre. Quindi in fondo, proprio come lei, mi sta imponendo il silenzio. Lo stesso che ha adottato lui per diversi anni, immagino.

Finge di guardare il quadrante della bussola, poi richiama l'attenzione di sua madre.

«Mamma, guarda quella grotta marina laggiù!» Cerca di coinvolgerla in un altro argomento di conversazione.

Mi mordo la lingua, non voglio creare ulteriore disagio. Tuttavia, mi sento in difficoltà. In ogni caso, lo stratagemma di Luke non sembra funzionare perché sua madre è determinata ad avere l'ultima parola.

«Mi rendo conto, Arden. È naturale che i giovani vogliano provare a… esprimersi. Basta che ricordino di non imporre il proprio arcobaleno a chi preferisce tonalità più sobrie.»

Ho l'impressione che la barca abbia sbandato, nello stesso istante in cui Luke ha lasciato il timone per un attimo.

«Le "tonalità più sobrie" di cui parla sono spesso la pittura che ricopre una crepa» replico, con decisione. Forse Luke si arrabbierà con me, a questo punto. Ma non importa. «E io, nel mio lavoro, cerco le crepe.»

Alle mie parole, gli occhi di Jocelyn si stringono fino a sembrare due lame sottili.

«Interessante teoria, giovanotto. Spero non intenda includere le crepe familiari nei suoi soggetti.»

Sarah e Mars, solitamente loquaci, sono rimasti in silenzio ad ascoltare lo scambio, fin troppo vivace, tra me e Jocelyn. O forse non osano intromettersi in un discorso che ritengono abbia sfumature un po' troppo complesse e spinose.

Luke alla fine interviene e io mi rendo conto che è del tutto inutile continuare a discutere con sua madre. «Possiamo goderci il panorama, ora?»

Percepisco la sua tensione e comprendo che tra Luke e Jocelyn il discorso è rimasto aperto, forse da molto tempo. E così resterà per sempre se Luke non si deciderà a parlare chiaramente con sua madre riguardo al suo orientamento sessuale.

Nel frattempo, per uno strano gioco del destino, le nuvole sembrano addensarsi e il mare si increspa.

Jocelyn storce il naso con aria scontenta. «Non prevedevano pioggia oggi.»

Come per contraddirla, la prima goccia colpisce il legno con un suono secco, poi ne segue un'altra e un'altra ancora. In pochi minuti la pioggia inizia a intensificarsi e anche le onde si alzano vigorosamente intorno alla barca.

Luke ordina deciso: «Dentro tutti, presto!»

Jocelyn si rifugia nella cabina, seguita da Sarah e Mars. Jack scivola dietro di loro. Io invece resto fermo sul ponte, ho bisogno di riprendere fiato e di restare solo per un attimo, nonostante la pioggia.

Quando una raffica più impetuosa scaglia dell'acqua gelida sul mio torace, Luke va a chiudere la porta della cabina, poi torna e mi afferra per il braccio.

«Scendi sottocoperta!» grida.

«Sto arrivando.» Però intanto non mi muovo.

«Non hai capito, Arden. Il mio non è un suggerimento.» Mi stringe il braccio con più forza, ma io continuo a non assecondare la sua richiesta. O il suo ordine, qualunque cosa sia.

«L'ho capito, invece.» Altra acqua ci batte addosso, colpendoci entrambi. «Come ho capito altro.»

Ho capito che, se spero di avere una possibilità con lui, sono un povero illuso.

Ho capito che Luke non farà mai nulla per cambiare la sua situazione.

Ho capito, soprattutto, che non dovrei rimanere coinvolto in questa storia... se non fosse che sono già coinvolto! Molto più di quanto vorrei.

Vedo le sue labbra tremare, non tanto per la pioggia o per il timore, ma per la rabbia repressa.

«Non puoi sfidare mia madre, Arden. Tu non la conosci, non l'avrai mai vinta con lei.»

«Non l'ho sfidata, Luke. Ho solo difeso me stesso e ciò in cui credo. Cosa che, forse, dovresti iniziare a fare anche tu, un giorno o l'altro.»

Il fragore di un tuono ci interrompe, la barca quasi si solleva a contatto con un'onda e io, sbilanciato, rischio di cadere. Ma Luke mi sorregge.

«Molti dettagli della mia vita le farebbero male.» La voce gli trema, percepisco il suo tormento. «Ho già rischiato di perderla una volta, quando mio padre se n'è andato con un'altra donna e io ho deciso di fare la mia vita. Non posso rischiare ancora. Non posso dirle la verità, non del tutto almeno. Non ancora. Sarebbe come tradirla, di nuovo.»

Annuisco e poso la mano sul suo braccio. Lo capisco, più di quanto lui creda, anche se per me non è facile accettarlo. Parla del vuoto, del terrore di restare solo, senza radici.

«Ma tu, Luke? Che ne sarà di te? Dovresti restare "invisibile" per non ferire ciò in cui lei crede, per non urtare la sua sensibilità?»

Non parlo di me stesso, ma è ovvio che faccia parte del "quadro" che Luke ancora non si sente pronto a esporre. Il problema è che, assecondandolo, rischio di rimanere solo un dettaglio e di soffrire ancora.

«Non sono invisibile, Arden» replica, scuotendo la testa. «E non lo sei neanche tu. Non per me.»

Un'altra ondata, ancora più alta, cade sul ponte. Questa volta però, vedendola arrivare, mi reggo al corrimano e riesco a mantenermi stabile.

«Luke, ho sopportato già un uomo che pretendeva che io sparissi per non disturbare. Evan mi ha sempre annullato, con la sua personalità. Non tornerò in una situazione simile, per nessuno al mondo.»

Gli occhi di Luke si oscurano e assumono quasi il colore del cielo in tempesta sopra di noi.

«Non ti sto chiedendo questo. Io...» Si interrompe, poi prende fiato come se gli mancasse ossigeno. «Ho paura, Arden. Ho paura di spezzare per sempre il legame con mia madre, ma allo stesso tempo... ho paura di perdere me stesso, ciò che sono davvero, ciò che voglio essere.»

Il vento ora sembra quasi urlare, sempre più forte. Ma in un istante di apparente tregua, almeno tra di noi, appoggio la mano sul suo petto, a livello del cuore. Lo sento battere all'impazzata.

«Nessuno ti chiede di scegliere chi amare, Luke. Non devi scegliere per forza me, spero che questo ti sia chiaro.» Le mie parole escono spezzate forse, ma vere. «Ti chiedo soltanto di non rinnegare nulla.»

Luke annuisce e chiude gli occhi, poi posa la mano sulla mia, che trattengo sul suo torace. Infine, appoggia la fronte alla mia. I nostri respiri irregolari si mescolano, mentre le gocce di pioggia ci scorrono sul volto e sulle labbra.

«Va bene, Arden. Ora puoi scendere sottocoperta, per favore?» Mi guarda con espressione determinata. «Non mi piace saperti in pericolo.»

Annuisco e alzo gli occhi al cielo. Poi accenno un sorriso.

«Agli ordini, capitano.»

Quando il vento si placa, decidiamo di invertire la rotta. Luke si muove per riportare la barca verso la riva tra le creste bianche delle onde. Allo stesso tempo, io decido di smettere di sfidare sua madre e di concedergli del tempo per capire cosa vuole davvero. Da me e dalla sua vita.

Mentre la riva compare all'orizzonte, esco sul ponte e provo a rilassarmi un po'. La pioggia è quasi cessata, anche se il cielo è ancora fosco, tanto da sembrare una lastra di piombo sulla nostra testa.

Ed è proprio in quel momento che succede. Riesco a scorgerlo e a distinguerlo chiaramente sulla riva ormai poco lontana, fermo sulla passerella di legno. Si trova in piedi dietro a un cavalletto telescopico, con un teleobiettivo puntato verso la nostra barca. Inconfondibile, con le spalle larghe e i suoi capelli scuri pettinati all'indietro.

Evan.

Riesco a intravedere il suo sorriso soddisfatto, quando si stacca dall'obbiettivo per puntare lo sguardo direttamente su di me. Così lo vedo agire di nuovo. Un altro clic, che io ho la netta sensazione di udire, anche al di sopra del frastuono delle onde. Poi il buio torna, dentro di me. Il mio cuore precipita, come in un vortice che non riesco a controllare. Quell'uomo ha appena immortalato la barca di Luke mentre torna verso la riva. Sa usare le immagini come lame. Ed è pronto a colpire. Perché, conoscendo Evan, so che ha in mente qualcosa di diabolico, di perverso.

Stringo la cima con forza, finché le mie nocche sbiancano. Sento Luke gridare il mio nome dall'alto della scaletta. Per fortuna lui non sembra essersi accorto di Evan. Vorrei rispondergli ma è come se non riuscissi a parlare, per il nodo in gola che mi ha preso d'assalto. Mi sento inghiottito da un'altra tempesta, non di acqua e vento ma di ricordi distruttivi. E la paura torna a farsi strada in me. Paura di tornare proprietà di qualcuno che userebbe qualsiasi mezzo a sua disposizione pur di tenermi in gabbia. Paura di sprofondare in un altro baratro di disperazione. E di non riuscire mai più a risalire.

CAPITOLO 8

Luke

Non c'è sveglia che possa competere con il mix di colpa e paura che mi logora dentro. All'alba, nella stanza del mio appartamento, mi rigiro ancora nel letto, senza trovare un attimo di pace. Sul comodino il telefono lampeggia con notifiche che non ho il coraggio di aprire. Sono tornato dalla gita in barca dopo la tempesta che si è scagliata su di noi, con mia madre stranamente silenziosa e distratta e Arden che, appena toccata la banchina, ha mormorato "Ho delle questioni da risolvere da solo", prima di scomparire diretto verso la sua suite, o almeno credo. Eppure, credevo che avesse capito!

Jack, sempre molto sensibile ai miei sbalzi, guaisce piano e solleva i grandi occhi verso di me, scrutandomi con aria interrogativa. Mi allungo e gli passo una mano sul dorso.

«Colpa mia, amico. Riesco sempre a incasinare la mia vita e a renderla un totale disastro.»

Rassegnato alla mancanza di sonno, decido di alzarmi e mi vesto in fretta. Tanto vale darmi un po' da fare con il lavoro.

Prima delle otto incontro Raphael nell'atrio, che mi fa un resoconto della notte appena trascorsa: nessun danno, gli ospiti sono tranquilli e senza richieste particolari. Solo l'ospite della Suite 3 ha chiesto di non essere disturbato per nessun motivo.

La Suite 3... Arden. Un nodo mi stringe la gola.

Dovrei semplicemente acconsentire alla sua richiesta e lasciarlo in pace, sarebbe la soluzione più semplice. Ma non ci riesco e, al contrario, mi dirigo immediatamente verso la sua stanza.

Busso, prima con due colpi leggeri, poi diventando più insistente. Solo in seguito mi rendo conto dell'ora. Forse sta ancora dormendo e io lo sto disturbando. Ma, non so nemmeno io spiegare il motivo, questo pensiero non mi sfiora davvero. Busso ancora, un po' più forte. Poi, addirittura, lo chiamo.

«Arden?»

Nessuna risposta. Però dalla fessura sotto alla porta filtra una luce piuttosto intensa, quindi è probabile che sia sveglio. Oppure è avvolto in un sonno davvero profondo. O magari sta lavorando, forse sta montando alcune foto.

Attendo ancora qualche istante, poi mi rassegno e mi allontano. Comprendo che forse vuole davvero essere lasciato in pace.

Ho bisogno di rimediare, di parlargli e di definire la situazione tra di noi. E devo farlo in fretta, oppure rischio di rimpiangerlo per sempre. Non posso più vivere in sospeso e soprattutto non posso perdere lui e anche me stesso, nel frattempo.

Verso mezzogiorno la hall si è ormai riempita di persone ma di Arden nemmeno l'ombra. Adesso sto davvero iniziando a preoccuparmi. Nonostante i nostri contrasti è strano che non sia uscito dalla sua stanza, a meno che abbia approfittato di qualche mia disattenzione per sgusciare via ed evitare un confronto con me. Devo capire cosa sta succedendo, anche in vista del nostro prossimo e incombente impegno di lavoro, con il festival che presto giungerà al suo apice e i nuovi ospiti che interverranno apposta per l'evento.

Proprio su questo sto cercando di concentrarmi, sull'ArtWave. Sarah, intanto, sta coordinando gli operai che montano una passerella in vetro sul belvedere per la serata di gala che si svolgerà a breve. Sto aiutando a controllare alcuni cavi quando Evan si materializza accanto alla reception e punta lo sguardo su di me, come se fosse pronto a sfidarmi. Indossa una camicia bianca e porta la sua telecamera appesa al collo. Visto che non alloggia all'High Tide, nutrivo la vana speranza che se ne fosse andato e avesse abbandonato la zona. Mi sono illuso, evidentemente.

Detesto il fatto che si aggiri indisturbato per l'hotel, ma con l'evento in programma non posso cacciarlo, rischierei di scatenare uno scompiglio che mi si ritorcerebbe contro. Ma forse è proprio ciò che lui vorrebbe!

«Hai un minuto?» Mi si avvicina e si rivolge a me con quel tono che, in ogni caso, non ammette rifiuti. «Devo parlarti.»

Annuisco, più che altro per togliermelo di torno, e lo induco a seguirmi in una saletta di servizio. Una volta arrivati a destinazione, Evan abbassa la testa come se stessimo condividendo un segreto e fa scivolare tra le mie dita una chiavetta USB nera.

«Che cos'è?» gli domando, poco convinto.

Quest'uomo mi piace sempre meno. Anzi, dire che "mi piace sempre meno" è un eufemismo. Mi sta letteralmente sul cazzo e non c'entra nemmeno il fatto che sia stato con Arden e potrebbe anche riuscire nell'intento di tornare con lui, prima o poi.

«Dentro ci sono le prove di quanto Arden sia… meno vittima di quanto sembri, diciamo.» Sorride, stringendosi nelle spalle con espressione tronfia, prepotente. «Video, chat e varie immagini. Ti assicuro che ce n'è abbastanza per far crollare la storia strappalacrime dell'artista sopravvissuto a tante sofferenze, che cerca la bellezza tra le desolazioni di questa vita. Comunque, se davvero ci tieni e vuoi evitare che circolino nel corso del gran galà, ho una semplice richiesta: inseriscimi nel programma principale con un'esibizione tutta mia, nell'orario principale. Ovviamente, per quanto riguarda il materiale su Arden che ti ho fornito... puoi studiartelo e tenertelo di ricordo, io ne ho altre copie. E già che ci siamo... la storia tra te e il mio ragazzo non ha alcun senso, lo capisci anche tu, vero? Ti consiglio di non addentrarti oltre.»

Non riesco quasi ad elaborare ciò che questo verme mi sta dicendo. So solo che il sangue sta iniziando a ribollirmi nelle vene, raggiungendomi le tempie.

«Questo è ricatto. Io non intendo...»

«Ma no, ricatto! Che brutta parola. Si tratta semplicemente di una negoziazione tra professionisti.» Evan mi interrompe, rivolgendomi il suo ghigno malefico. Poi spalanca le braccia con un candore che di certo non fa parte di lui, non gli appartiene. «Comunque, hai ancora un po' di tempo. Fai pure la tua scelta. Ma io ti consiglio di dare prima un'occhiata al materiale che ti ho fornito. Poi potrai decidere in piena libertà!»

In piena libertà, dice? Quest'uomo è un mostro, un viscido manipolatore per quanto sensuale e affascinante. Mi chiedo come Arden abbia potuto stare insieme a lui, dannazione!

Resto paralizzato mentre Evan Clarke mi volta le spalle e si allontana. Pur essendo impossibile, ho la netta sensazione che il metallo della chiavetta mi bruci il palmo. Una parte di me vorrebbe scaraventarla sul pavimento e distruggerla, poi rincorrere Evan e prenderlo a pugni fino a distruggere quel suo sorriso malefico. L'altra sa che potrei avere tra le mani qualcosa che potrebbe compromettere Arden o rovinarlo, addirittura. E, di qualunque cosa si tratti, io non voglio questo.

Voglio capire, aiutarlo se posso. Ho fiducia in lui, quindi ho la certezza, quasi assoluta, che non abbia fatto nulla di male. Però devo capire cosa nasconde. E poi provare ad agire per liberarlo dall'influsso malefico di Evan Clarke. Una volta per tutte.

CAPITOLO 9

Luke

Allo scopo di trovare una soluzione, mi sono rifugiato nel mio ufficio. Anche contro la mia volontà, sono stato costretto a infilare la chiavetta USB che mi ha consegnato Evan nel pc e a scorrere il materiale contro Arden.

Così mi sono reso conto della situazione. Foto intime e personali di Arden, oltre a momenti di sofferenza, crisi d'ansia e attacchi di panico. Non posso credere che quel maledetto sia arrivato a tanto in passato e che ora sia disposto a portare a compimento le sue minacce.

Cerco di riflettere sul da farsi, poi invio un messaggio a Mars e a Sarah e chiedo a entrambi di raggiungermi appena possibile. Ho bisogno dell'aiuto di qualcuno che sia, almeno in parte, a conoscenza di ciò che Arden ha passato insieme a quel mostro.

Dieci minuti dopo Mars si presenta da me con il suo outfit sportivo e il caffè in mano. Sarah arriva subito dietro di lui e ci osserva con aria perplessa.

Li aggiorno su quanto è accaduto o almeno ci provo, cercando di restare più calmo possibile. Poi mostro loro la chiavetta senza inserirla nel computer. Non voglio che vedano il materiale che Evan vorrebbe usare contro Arden, dovranno credermi sulla parola, almeno per il momento.

Mars emette un fischio acuto, poi alza gli occhi al cielo.

«Si tratta di un ricatto in piena regola. E per farlo quello stronzo utilizza i traumi di Arden. Un classico. Ed è tipico di Evan Clarke, aggiungo io. Il suo stile per eliminare i rivali e i concorrenti migliori di lui è sempre stato quello di metterli in cattiva luce pubblicamente. Ma adesso lo sta usando anche nella sfera privata e fa ancora più schifo!»

Sarah annuisce e conferma le parole appena pronunciate da Mars.

«Se davvero contiene materiale sensibile, divulgarlo potrebbe distruggere Arden più di quanto non l'abbia già ferito. Lo rovinerebbe professionalmente e personalmente. Dobbiamo fermarlo, in un modo o nell'altro.»

Li osservo, non so cosa abbiano in mente ma so che sono più esperti di me in questo tipo di circostanze, nell'avere a che fare con il pubblico e spostare l'attenzione altrove.

Mars incrocia le braccia e inclina la testa per un momento. Poi, all'improvviso, sembra rianimarsi e batte le mani entusiasta.

«Potremmo organizzare una specie di flash-mob performativo. Lo illudiamo di essere a sua disposizione, invece rubiamo la scena a Evan in modo tale che la sua "arma" contro Arden si trasformi nella sua condanna.»

Lo guardo, confuso. Non riesco a capire cosa intenda. Ma Sarah, a quanto pare, è più perspicace di me perché annuisce convinta. Poi apre la mappa dell'evento.

«Non è affatto male come idea, secondo me potrebbe funzionare. Abbiamo circa venti minuti liberi tra il live-painting e la proiezione principale. Se noi, prima che Evan si metta all'opera con la sua esibizione, trasformiamo quell'intervallo in un'azione collettiva che sveli i suoi trucchi e il suo modus operandi, la sua "verità" diventerà una farsa prima ancora che possa pensare di metterla in atto contro Arden.»

«Ho capito, ragazzi.» Almeno credo, non sono un artista io. E mi sento anche piuttosto confuso, ora. Forse è la pressione a cui mi sento sottoposto. «Ma come pensate di mettere in pratica l'idea?»

Mars, inaspettatamente e con uno scatto quasi felino, fa un balzo e salta in piedi sulla sedia.

«Abbastanza facile, surfista! Tutti i muri sono schermi, ogni ferita è un progetto di luce!» Recita, con la sua solita enfasi. Poi scende e incupisce lo sguardo, tornando serio. «Useremo lo stesso materiale di Evan, quello di cui si è sempre servito contro i suoi avversari, rielaborandolo contro di lui. Non sarà difficile rintracciare le persone che ha ferito nel corso della sua miserabile carriera. Sono certo che saranno dalla nostra parte. Anche ciò che ha contro Arden, evitando le situazioni più traumatiche e compromettenti, ovviamente. Ovviamente dovremo fingere di acconsentire alle richieste di quel miserabile, perché cada nella nostra trappola.»

«Però per questo bisognerà coinvolgere anche Arden...» aggiunge Sarah. «Non potrà essere tenuto all'oscuro di ciò che stiamo organizzando, altrimenti potrebbe rischiare di mandare tutto all'aria se si ritrovasse in un confronto diretto con Evan. E questo spetta a te, Luke. Ti suggerisco anzi di allontanare Arden il più possibile da quello psicopatico, se ci riesci.»

Un raggio di speranza porta un po' di luce e sembra affievolire il mio senso di colpa. Ma mi sorge qualche dubbio sul coinvolgimento di Arden nell'impresa.

«Arden non si fiderà facilmente di me. Non dopo...» sospiro e scuoto la testa, scoraggiato.

Non dopo la nostra discussione. Dove mi ha messo di fronte a una decisione che io non mi sono sentito di prendere.

Sarah mi rivolge un'occhiata cupa, quasi risentita.

«Allora devi fare in modo che si fidi. Solo tu puoi riuscirci, questo sarà il tuo compito, al resto ci pensiamo noi. Però devi farlo il prima possibile, così posso programmare i proiettori per le immagini rielaborate e Mars può arrangiare il testo.»

La determinazione nei loro volti e nelle loro parole è come uno schiaffo in pieno volto nei confronti dei miei dubbi, della mia inerzia.

Non posso fare altro che acconsentire alla loro richiesta.

«Okay, ragazzi, ho capito. Farò la mia parte.»

***

Trascorro gran parte del pomeriggio a coordinare l'installazione, rispondo ai messaggi degli ospiti, fingo normalità con mia madre che si aggira per l'hotel commentando il maltempo come segno del

76

"disappunto divino verso le stravaganze artistiche". Mi trattengo dal risponderle male. Anzi, faccio proprio finta di non sentirla. Non ho bisogno di affrontare una discussione di questo tipo, non in questo momento. Ma appena possibile dovrò arrivare a un chiarimento definitivo, anche con lei.

Quando il cielo inizia a prendere le tonalità tipiche del tramonto, la veranda si svuota. Buona parte degli artisti presenti vanno a cena in città. Mi dirigo verso il molo, portando con me la chiavetta che mi ha consegnato Evan. Vorrei gettarla in mare, farla sparire per sempre, ma non posso. È la prova tangibile della sua minaccia. Ed è proprio così, sotto le sue stesse minacce, che Evan Clarke dovrà cadere e rendere conto di tutti i suoi misfatti, professionali e privati.

La sera, sul tardi, mi decido a varcare il corridoio del terzo piano e raggiungo la Suite 3. La porta è chiusa, ma le luci soffuse filtrano dalla fessura e percepisco dei movimenti all'interno. Come se Arden stesse lavorando all'elaborazione di un video. Busso piano e resto in attesa. Nessuna risposta, come del resto mi aspettavo. Sono tentato di arrendermi e ritirarmi, ma non voglio demordere questa volta. Busso di nuovo, con più forza e decisione.

Passano dieci secondi e intanto si crea il silenzio all'interno. Forse ha deciso di attendere che la persona alla porta si decida a togliere il disturbo. Invece sento il clic della serratura. Arden appare con una t-shirt nera, occhiaie profonde e uno sguardo che sembra sospeso tra desolazione e stanchezza. Alle sue spalle, intravedo il monitor del computer mentre mostra una sequenza senza audio di scatti in bianco e nero: crepe, acqua, onde, fulmini.

Il mio cuore prende a martellare nel petto.

«Ho bisogno che tu mi ascolti, Arden.»

Silenzio. Poi un sospiro profondo. Annuisce, una sola volta. Mantiene la porta aperta ma non mi fa entrare, resta sulla soglia creando come un confine tra di noi.

«Va bene.» Non aggiunge altro.

Prendo fiato, so che devo essere convincente, spingerlo a fidarsi di me, nonostante tutto.

«Domani c'è una cosa che dobbiamo fare. È importante e dobbiamo farla insieme. Evan sta tentando di farti del male, come ne ha già fatto ad altri. Ma con te...» Non so bene come proseguire, il suo sguardo mi induce a credere che sia al corrente della situazione e dei ricatti di Evan. Lo conosce, in fondo. Molto meglio di me e da molto più tempo. «Noi possiamo ribaltare il suo gioco diabolico,

Arden. Non dobbiamo cedere e nemmeno arrenderci alle sue manipolazioni. Io comunque non ho intenzione di permetterlo. Ho un piano con Sarah e Mars, ma per funzionare… ho bisogno che tu ti fidi di me, nelle prossime ore. Totalmente.»

I suoi occhi del colore dell'ambra si stringono su di me, come a misurare la distanza tra ciò che gli sto chiedendo e ciò che merito. Mi accorgo che gli tremano le mani, poi stringe i pugni per trattenersi.

«Perché dovrei?» sussurra, stringendosi nelle spalle. Sembra del tutto rassegnato, come se avesse una gran voglia di arrendersi. «Io ho sempre avuto a che fare con le manipolazioni e gli abusi di Evan, ormai ci sono abituato. Lui vince sempre, non c'è nulla che si possa fare per fermarlo quando si mette in testa qualcosa. E tu… dalla nostra ultima discussione, non mi sembrava che fossi così disposto a esporti. Quindi, alla fine…»

Quindi, alla fine, non sono così diverso dal suo ex? È questo che sta tentando di dirmi? Il mio silenzio, il mio volermi nascondere, gli ha causato una sofferenza, forse diversa, ma pur sempre una sofferenza.

«Perché questa volta ti chiedo, anzi ti supplico, di fidarti di me. Questa volta non ho intenzione di nascondermi, Arden. Anzi, non solo questa volta!» Gli poso una mano sul petto, poi lo afferro per il braccio cercando di attirarlo a me. «Permettimi di dimostrartelo. Concedimi una possibilità.»

Arden tiene gli occhi fissi nei miei, poi abbassa lo sguardo sul pavimento. Infine torna a guardarmi. Sembra ancora incerto e ho la sensazione che, nella sua mente e nel suo cuore, si stia scatenando una lotta tra sentimento e razionalità.

«E va bene, Luke.» Annuisce, mordendosi appena il labbro inferiore. «Se ci tieni tanto, ti concederò una possibilità.»

Sarei tentato di afferrarlo, di baciarlo, di spingerlo nella sua stanza e di dimostrargli davvero ciò che provo per lui. Ma, al momento, c'è una questione più importante da risolvere. Eliminare quel verme di Evan Clarke dalla sua vita, una volta per tutte.

«Grazie.»

Non aggiungo altro. Forse perché questa è l'unica parola che abbia un senso tra noi, al momento. Per quanto riguarda il resto, posso solo sperare.

Sperare che il piano di Mars e Sarah funzioni davvero. Sperare che Evan cada nella nostra trappola. Sperare che la verità trionfi, come è giusto che sia. Sperare che tra me e Arden funzioni. Sperare di crearmi una vita felice. Sperare di riuscire a essere me stesso, finalmente. Senza più dubbi, senza sofferenze e fraintendimenti.

Senza più nascondermi.

CAPITOLO 10

Arden

È mattina presto quando Luke bussa di nuovo alla mia porta. Nelle ore successive alla sua visita non sono riuscito a dormire molto. Ho continuato a dedicarmi al lavoro per la presentazione finale dell'ArtWave e mi sono perso nei miei pensieri che, per lo più, confluivano tutti su di lui e sulla possibilità che mi ha chiesto di concedergli.

Ho mantenuto un certo distacco nei suoi confronti, me ne rendo conto. Ma ho paura a lasciarmi andare, ho paura a illudermi. Però non potevo fare altrimenti, perché la verità è che ho ancora più paura di ritrovarmi nella situazione di doverlo rimpiangere per sempre.

Una volta aperta la porta, lo guardo negli occhi grigio-azzurri che non mi sono mai apparsi così risoluti, così determinati. Stavolta non sembra avere lo sguardo un po' smarrito di chi chiede permesso, ma quello di chi è disposto a tutto pur di riuscire a portare avanti i suoi obbiettivi, compreso rubare tempo e spazio al destino. Indossa dei jeans chiari, una maglietta nera e una giacca leggera. I suoi capelli biondi sono leggermente spettinati in ciuffi irregolari.

«Sei mattiniero...» borbotto, ancora in boxer e maglietta.

«Lo so.» Sospira e solleva un contenitore con due caffè. «Questo è per aiutarti a svegliarti. Comunque, ho in mente qualcosa di speciale, non te ne pentirai. Mettiti qualcosa addosso, ce ne andiamo!»

«Ce ne andiamo dove? Luke, sei impazzito? Ti rendi conto che andare via ora è una vera e propria follia? Ti rendi conto che la presentazione finale all'High Tide è domani?»

«Me ne rendo perfettamente conto! Proprio per questo ho in mente qualcosa di speciale.» Sorride e annuisce convinto. «Ti prometto che non ti farò perdere del tempo prezioso e che la tua presentazione non ne risentirà. E poi insomma, stai lavorando da troppe ore, chiuso qui dentro. Sono certo che ormai l'hai preparata nei minimi dettagli. È il caso di uscire a prendere un po' d'aria, non può farti che bene!»

Vorrei rifiutare e anche mandarlo al diavolo. Ma la verità è che non so resistergli. Non so resistere a quei suoi occhi luminosi che ora sembrano così sinceri. Non so resistere alla sua voce profonda, al suo corpo muscoloso e seducente che mi attrae come nessuno prima. Davvero nessuno, nemmeno Evan.

Non so ancora se chiamarlo rapimento, fuga o salto nel vuoto. So solo che, quando mi passa il caffè caldo e mi sfiora il viso con la mano libera, senza distogliere gli occhi dai miei, sento di non avere altra scelta. Qualcosa, dentro di me, decide che posso fidarmi di lui e che devo dargli una possibilità. Altrimenti rischierei davvero di rimpiangerlo per il resto della mia vita.

Sorseggio il caffè e intanto mi cambio in un lampo indossando una maglietta pulita e un paio di jeans. Preparo il mio zaino, inserendo anche la mia macchina fotografica. Jack, che ha seguito Luke fino alla mia stanza, scodinzola dietro di noi finché il suo padrone lo affida a Raphael, promettendogli il doppio di coccole e croccantini al nostro ritorno.

«Sei pronto per un viaggio spettacolare?» Mi chiede Luke, sfidandomi con uno sguardo audace.

«A questo punto non mi tiro indietro.» Accetto la sfida, non posso fare altro. «Sono pronto!»

CAPITOLO 11

Arden

Sono solo le 7.30 e noi ci troviamo sulla Highway 101. La luce obliqua del primo mattino disegna lame di luce rosa sulle scogliere e sui cartelloni pubblicitari. Luke guida con il gomito appoggiato sul finestrino aperto, la radio sintonizzata su un vecchio programma di musica country. Ogni tanto batte le dita sul volante, seguendo il ritmo, e io lo osservo come stregato dalla sua gestualità. Nel frattempo, però, non perdo occasione di scattare foto a raffica del paesaggio e del suo profilo illuminato dal riflesso della luce.

A un certo punto si interrompe all'improvviso e si volta verso di me per guardarmi di traverso.

«Mi stai fotografando mentre guido. Non riesco a capire cosa ci trovi.»

«Tranquillo, non è tuo compito capire qualcosa in questo momento.»

Scuote la testa e ride. Il suono della sua risata scioglie i miei pensieri cupi di ieri. E allontana dalla mia mente le paranoie, la nostra discussione a proposito di sua madre, le minacce di Evan. Tutto il resto che ci trascina in un vortice di insofferenza che non ha nulla a che fare con noi.

Cerco di rilassarmi e di godermi il momento, finché giungiamo a destinazione. Santa Ynez ci accoglie con le sue colline tonde, l'aria che sa di terra umida e di rosmarino selvatico. Luke parcheggia accanto a un fienile che sembra essere stato trasformato in un'elegante cantina o, meglio, in una boutique del vino come la descrive l'insegna.

Un uomo robusto con un cappello di paglia e il sorriso aperto si presenta per accoglierci. Il suo nome è Morris. Vengo a sapere che è un compagno di college di Luke, ora vignaiolo biodinamico. Ci consegna un cesto strapieno di cibo, con inclusi focaccia calda, olive e un paio di bottiglie di rosé.

«Prendete il pick-up, ragazzi. È già carico di legna e ci sono coperte e maglioni. Potrebbe fare fresco.»

Dieci minuti dopo saltiamo sui sedili scricchiolanti di un Chevy d'epoca color crema e affrontiamo un viottolo sterrato verso la cima della collina. Lontano dai riflettori, dall'ansia della presentazione dell'ArtWave e da tutto il resto, il mondo sembra restringersi intorno ai nostri confini. Così restiamo solo noi due e un orizzonte che sembra finalmente permetterci di respirare.

Quando giungiamo a destinazione, Luke scarica la legna vicino a un cerchio di sassi. Io gli do una mano e poi recupero l'accendino antivento che tengo per le mie emergenze creative. Mentre le prime fiamme si arrampicano sui ceppi, prendo la mia Nikon dallo zaino. Voglio provare a imprigionare, in una fotografia, la fiamma che gli colora le guance in questo momento, la linea un po' tesa del suo sorriso che cerca di trovare il coraggio per esprimere se stesso, per lasciarsi andare.

Però restiamo per lo più in silenzio, come se nessuno dei due osasse farsi strada e irrompere nello spazio vitale dell'altro. Beviamo il vino che Morris ha inserito nel cesto in bicchieri di latta, osservando il gioco delle fiamme che ardono nel fuoco acceso di fronte a noi. Il silenzio vibra, saturo di ciò che dobbiamo dirci ma che ancora non osiamo esprimere.

Alla fine, è Luke a rompere il ghiaccio per primo.

«Mi dispiace per ciò che è accaduto durante il pranzo e il giro in barca. Mia madre non è come sembra. Voglio dire… lo è, in effetti. Ma io credo che sia spaventata, per lo più. Dopo l'improvviso abbandono di mio padre, si è aggrappata a determinate regole, soprattutto per quanto riguarda me. Tutto dovrebbe svolgersi secondo i suoi piani, senza altri sconvolgimenti. E questo mio... insomma, essere ciò che sono per lei è di certo uno sconvolgimento. È come se io, come mio padre, sabotassi i suoi progetti. Quando, durante gli anni del college, le ho rivelato che avevo una relazione piuttosto seria con Keith, un uomo, mi ha rivolto un sorriso strano, quasi isterico. Poi si è chiusa in camera e non ha più voluto parlarne. Come se, evitando un confronto diretto, potesse rimuovere la cosa che non gradiva e non riusciva ad accettare. Come se io potessi cambiare... o guarire, secondo lei. Solo evitando di parlarne, come se il "problema" non esistesse.»

Annuisco e sospiro, alle sue parole. Lo comprendo, anche se i miei genitori hanno accettato le mie scelte con molta più tranquillità. Sono stato fortunato, almeno da questo punto di vista.

«Non l'avevo mai vista crollare» prosegue Luke. «Nemmeno quando mio padre l'ha lasciata per andarsene con la sua giovane assistente. Così, a parte alcuni messaggi con cui ho tentato di riprendere il discorso, non ne ho più parlato con lei e poi, comunque, la mia storia con Keith è finita. In seguito, ho avuto qualche avventura, nulla degno di nota. E ovviamente, trasferendomi qui per lavoro, ho evitato di renderla partecipe della mia vita sentimentale.»

Continuo ad ascoltarlo, senza interromperlo. Luke beve un sorso e fissa il fuoco per un istante. Poi uno scambio di sguardi lo induce a proseguire.

«Quando ti ha chiamato "artista bohémien", ho rivisto quella porta chiusa. Ho compreso che per lei probabilmente si stava ripresentando la stessa minaccia e ho reagito cercando di controllare la situazione, di tagliare fuori la "minaccia". Solo che quella che per lei è una minaccia per me rappresenta la parte più viva di me. Ciò che sono, ciò che voglio essere.»

Mi mordo le labbra, socchiudo gli occhi per un istante, poi mi schiarisco la voce.

«Per quanto mi riguarda, con Evan non c'è mai stata nessuna porta chiusa. Anzi, la lasciava sempre aperta per poter entrare quando gli pareva e agire indisturbato, manipolando le mie idee e la mia autostima. All'inizio sembrava tutto facile, tutto meraviglioso. C'era la passione, l'arte, il lavoro condiviso. Tutto andava bene, fino a quando… fino a quando io ho cominciato ad avere più successo e quindi più opportunità di lui. Evan non è riuscito a sopportarlo, così come non ha mai sopportato le persone che raggiungono traguardi che a lui vengono negati. Risponde con l'odio, con la rabbia… addirittura con il ricatto, se necessario. E, anche se al momento mi rifiutavo di riconoscerlo, questo lato del suo carattere mi ha sempre turbato. Trattandosi di me, il suo compagno, la situazione si è amplificata. Ha iniziato a criticare ogni mio successo, a sminuire il mio lavoro e anche a disprezzare me, come persona. Come se non ci fosse davvero nulla di apprezzabile in me e in ciò che creavo. Non per lui, almeno. E io… io mi fidavo di lui, del suo giudizio, ma lui ha corrotto la mia fiducia fino a distruggermi psicologicamente. A ventinove anni, mi ha fatto sentire una nullità, da tutti i punti di vista. Come se tutti i traguardi che avevo raggiunto fossero inutili. Poi… è passato alle violenze fisiche. E anche di fronte a quelle circostanze, ha sempre detto che le persone avrebbero creduto a lui, non a me.»

Luke stringe gli occhi su di me, mi sfiora il braccio sinistro e lo percorre fino a raggiungermi il polso e posare l'indice sulla mia cicatrice, che aveva già notato quella sera sulla spiaggia.

«Questa è di quando ho provato a lasciare la sua casa la prima volta. Ethan ha scagliato a terra un bicchiere e poi, con un vetro…»

Luke si agita sul posto ed emette un suono gutturale, come una specie di urlo che gli esplode dentro. Si tira indietro i capelli, li trattiene con una mano e poi li lascia ricadere.

«Se lo rivedo avvicinarsi, non rispondo di me.»

Scuoto la testa. «No Luke, non voglio vendetta. Non è per questo che ti sto raccontando tutto. Io voglio… voglio aria, voglio tornare a respirare. Ora che tu sei qui con me, in questo luogo incantevole, davanti al fuoco... Voglio ricordare che non sono rotto, che nonostante il dolore che Evan ha impresso dentro di me, i marchi che mi ha lasciato sulla pelle, non è riuscito a distruggermi.»

Luke mi avvolge nel suo abbraccio e un silenzio, ora quasi irreale, regna tra di noi. Soltanto il crepitio delle braci scandisce i nostri battiti.

Poi sorride, solleva la bottiglia di vino e socchiude appena gli occhi.

«A cosa brindiamo, Arden?»

«Alla luce che continua a resistere, anche attraverso le crepe? Oppure alla luce tra le onde, mentre mi insegnavi a fare surf?»

«A entrambe, direi.»

Luke annuisce, versa il vino rimasto e facciamo tintinnare i nostri bicchieri. Mentre il liquido mi scorre nella gola sento davvero che il nostro brindisi sta segnando la fine di qualcosa… e l'inizio di un nuovo ciclo, nella nostra vita.

Quando abbasso il bicchiere, Luke si volta completamente verso di me. È ancora più vicino, tanto che sento il suo petto quasi contro al mio. Le sue pupille riflettono le fiamme, due specchi azzurro scuro su un luogo che ancora non conosco bene ma che inizio a riconoscere come casa.

«Posso…?» La domanda resta sospesa tra noi, come brace rossa. Intanto Luke mi accarezza la guancia con le dita, inclinando leggermente la testa.

Non rispondo alla sua domanda, cedo direttamente. Si tratta soltanto di un movimento minimo, da parte mia. Mi lascio scivolare verso di lui, che comprende all'istante e si avvicina ancora di più, cingendomi per il fianco. Intanto io assaporo il suo respiro, il suo fiato che, inconsapevolmente, contribuisce a riportare in vita pezzi sparsi della mia anima, frammenti di cuore che ormai avevo considerato distrutti per sempre.

Quando le nostre labbra finalmente si incontrano e le nostre lingue si intrecciano, mi sento scuotere da una scarica elettrica che mi afferra completamente, dai talloni al cuoio capelluto. Come se ogni dettaglio lasciato incompleto trovasse posto sulla sua pelle, tra le sue braccia. Intanto, le sue mani calde si spostano sulla mia nuca per attrarmi ancora di più a sé e le mie cingono il suo torace, come se temessi che mi sfuggisse da un momento all'altro. Ma Luke non ha intenzione di muoversi, non ha intenzione di allontanarsi e io sento il suo cuore battere all'unisono con il mio.

Ci stacchiamo con un sospiro, quasi a fatica, ma restiamo con i nostri corpi intrecciati, avvinti e anche un po' ansanti, come se avessimo percorso un sentiero di corsa per oltrepassare un confine che, fino a poco tempo prima, non avevamo osato affrontare.

Così, uno tra le braccia dell'altro, tra baci e sussurri, ci raccontiamo tutto. Davvero tutto, tra passato e presente. Compreso il ricatto di Evan, le mie immagini compromettenti in suo possesso, il piano di Sarah e Mars per allontanarlo per sempre dalle nostre vite.

«Se tu credi che sia una buona idea...» Lo guardo negli occhi, intrecciando le dita con le sue. «Luke, non vorrei mai creare problemi e disagi a te e all'hotel, soprattutto ora, nel pieno dell'ArtWave. Forse potrei parlare con Evan, raggiungere un compromesso con lui e convincerlo a...»

«No, Arden.» Lo sguardo di Luke si incupisce, nei suoi occhi scorgo scintille di tensione e di una furia implacabile. «Ero serio quando ho detto che Evan non si deve più avvicinare a te. Coglierebbe l'occasione per farti ancora del male, lo sappiamo entrambi.»

«Sì, hai ragione.» Sono costretto ad ammetterlo. Ma non voglio comunque che Luke e i ragazzi corrano dei rischi per proteggere me.

«Ti ho chiesto di fidarti di me. Puoi farlo, Arden?»

Sorride e mi percorre uno zigomo con il dito, poi piega appena il viso per baciarmi sulle labbra con una passione che mi spezza il fiato.

«Va bene.» Alzo gli occhi al cielo e cerco ancora la sua bocca. «Riesci a essere abbastanza convincente, devo ammetterlo.»

«Ne sono felice.» Arriccia il naso con aria soddisfatta. «E per quanto riguarda mia madre... le parlerò, prima dell'evento. E lei dovrà capire, questa volta.»

«Non forzare le cose, Luke.» Piego la testa per appoggiarla sulla sua spalla. «Sono convinto che capirà, però magari le servirà del tempo...»

Comunque andrà, sono contento di vederlo così sicuro e determinato. Non si tratta soltanto di me, di noi, della nostra storia che deve ancora nascere e che io spero crescerà con il tempo. Si tratta di lui, di chi è davvero, di ciò che desidera per se stesso, per la sua vita. Della sua essenza, dei suoi sentimenti che, d'ora in poi, non dovrà più nascondere o negare.

Quando decidiamo di rientrare, anche se a malincuore, ci sentiamo più sicuri oltre che decisamente più vicini. Sintonizzo la radio su un canale di musica anni Ottanta e seguo il ritmo, muovendo la testa. Luke allunga la mano verso di me e intreccia le dita con le mie. Guida con l'altra, come se fosse la cosa più naturale del mondo. Il calore del suo palmo mi accende una scintilla nel petto. Avrei bisogno di stringerlo, di baciarlo ancora, di passare oltre, ma ci sarà tempo per questo. Ora le nostre priorità sono altre.

Riconsegniamo il pick-up a Morris e ci mettiamo in viaggio per tornare. Quando raggiungiamo l'High Tide tutto sembra abbastanza tranquillo. Saliamo insieme in ascensore, diretti nella mia stanza, e torniamo a baciarci. Luke mi spinge contro la parete e preme il corpo contro il mio.

«Cerca di riposare, almeno un po'» sospira sulle mie labbra, prima che io scenda al piano della mia suite. «Io, nel frattempo, parlerò con mia madre. Poi, nel tardo pomeriggio, inizieremo le prime proiezioni e il piano messo a punto dai ragazzi. Così Evan cadrà, insieme a tutti i suoi intrighi.»

Sorrido e lo guardo, mi allungo verso di lui per baciarlo ancora, prima che le porte dell'ascensore si chiudano. Entro in camera, mi tolgo la maglietta e crollo sul letto.

Seguendo il consiglio di Luke, sto per chiudere gli occhi e cedere al sonno, ma il telefono vibra nella mia tasca. Notifiche Instagram, WhatsApp e perfino Messenger. Il mittente è sconosciuto ma io comprendo all'istante.

Il primo messaggio è una foto con una descrizione ben precisa.

"Io e te, due anni fa, torso nudo, luce dalla finestra, morsi sul petto. Evan Clarke – The Real Vision."

Il secondo messaggio è ancora più inquietante, almeno per me. Siamo io e Luke che ridiamo in acqua dopo avere fatto surf. Come descrizione, solo due parole: *"Nuovo trofeo?"* a caratteri bianchi.

Il terzo messaggio è un link. Lo apro. È un forum sconosciuto, almeno per me, con una discussione avviata a proposito di *"ArtWave scandal: character matters"*. Scandalo ArtWave? Cosa intende fare? Mettere di mezzo la mia personalità, i miei valori? Per il momento il link è privato, destinato solo a me. Però... potrebbe anche decidere di renderlo pubblico.

Comunque sia, qui ha pubblicato le stesse foto degli altri messaggi, più altre che non ricordavo nemmeno fossero state scattate. Che Evan pubblichi tutto personalmente o che sarebbe disposto a passarlo a qualche blog scandalistico non cambia il risultato: la mia vita, le mie paure, i miei traumi e la mia intimità sono diventate merce, tutto esposto perché chiunque possa vedere e giudicare. Forse ha intuito che pianifichiamo di incastrarlo? Oppure si tratta solo di un ulteriore avvertimento?

La gola mi si chiude, mi sento stringere il petto. Mi manca il fiato. Sento la stanza farsi piccola, soffocante, come l'appartamento di Evan quella notte in cui mi ha ferito per impedirmi di andarmene. Provo a calmarmi, mi costringo a respirare. Il telefono, come impazzito, continua a vibrare di notifiche, ma io lo spengo per metterlo a tacere.

Questa sera, nel corso dell'evento dell'ArtWave, presenterò la mia serie sulla luce e sulla rinascita. Non so se qualcuno l'apprezzerà, ma a questo punto non so importa. Io farò del mio meglio, darò tutto ciò che ho, tutto ciò che sono.

Torno a stendermi sul letto e chiudo gli occhi. Penso solo che fra poco rivedrò Luke. Alla fiducia che ora sento nei suoi confronti. A questo nuovo sentimento che mi sta incendiando il cuore e i sensi, come una fiamma viva. E, a questo punto, vorrei solo vivere e lasciarmi bruciare. Scatenando, dentro e fuori di me, tutta la luce di cui sono capace, nell'immagine più intensa e feroce che io abbia mai scattato. Quella di me stesso e dell'uomo che potrebbe diventare il mio destino. L'amore che ho sempre cercato e che forse, quando non me lo sarei più aspettato, mi ha finalmente trovato.

CAPITOLO 12

Luke

Tutto è pronto per il grande evento. Forse non lo sono io, non del tutto almeno. Ma non ho alcuna intenzione di tirarmi indietro. Non lo farò mai più, da questo momento in poi.

La terrazza-belvedere dell'High Tide è stata sistemata per l'occasione, sotto la direzione di Sarah e Mars, con proiettori puntati sulle scogliere, laser colorati che si inseguono creando suggestivi giochi di luce, consolle audio su cavalletti che delimitano lo spazio circostante in modo che nessun suono vada perduto. Intorno a me, gli ospiti indossano abiti da sera e, in questo preciso istante, attendono quello che è stato denominato "spazio bianco", un evento del tutto fuoriprogramma che sta attirando l'attenzione e richiamando la curiosità di molti. Venti minuti che Sarah ha pianificato definendolo "intermezzo esperienziale". Solo Mars,

Arden e io sappiamo che si tratterà, invece, di un vero e proprio campo di battaglia.

Rimango fermo in fondo alla passerella di vetro, in attesa. Sembro impeccabile e al meglio della forma, con il mio abito blu notte e la camicia bianca. Ma dentro sono in un fermento tale che faccio davvero fatica a mantenere il controllo.

All'improvviso, appostato sul lato destro, scorgo Evan. Come sempre elegante e raffinato, con un drink in mano che sorseggia con aria soddisfatta e il sorrisetto di chi già pregusta la vittoria, un successo strepitoso. Ovvio, attende il momento della sua esibizione, che siamo stati costretti a concordare subito dopo la proiezione principale. Punta lo sguardo trionfante su di me. Ancora non sa cosa lo aspetta, il bastardo. Anche io vorrei sorridere, ma mi trattengo per non insospettirlo.

Mia madre è seduta in prima fila, al posto centrale. Dopo aver accompagnato Arden nella sua stanza, le ho chiesto di vederci e lei ha accettato di incontrarmi nel mio appartamento, prima di prepararci per la serata. Dallo sguardo che mi ha rivolto appena entrata sembrava già consapevole, o forse rassegnata, riguardo a quello che sarebbe stato l'argomento della nostra conversazione.

In ogni caso, mi ha permesso di parlare, di esprimermi senza interrompermi, senza contraddirmi. Le ho parlato della mia relazione con Keith durante il college e della sua reazione in proposito. Poi le ho raccontato del mio incontro con Arden e di ciò che ha provocato in me fin dalla prima volta che l'ho visto, dal primo momento che il mio sguardo ha incrociato il suo sulla spiaggia. Mi ha ascoltato in silenzio, con le labbra strette e lo sguardo assorto, senza fermarmi e senza condannarmi.

«Io sono questo, mamma. Mi dispiace che ciò che sono non corrisponda alle tue aspettative nei miei confronti ma, per quanto vorrei accontentarti e ricevere la tua approvazione, non posso fare nulla per cambiare. Non se si tratta del mio cuore, dei miei sentimenti.»

«Ho capito, Luke.» Sono state le prime parole che mi ha rivolto, alla fine del mio resoconto. «Del resto, lo avevo già capito anni fa anche se non riuscivo ad accettarlo. Ho sperato che si trattasse solo di una fase, ma... l'altro giorno, vedendoti con Arden, mi sono resa conto che non è così.»

Adesso la vedo stringersi attorno alle spalle l'ampio scialle color crema. Pur non essendo al corrente della spiacevole situazione con Evan e del nostro piano, mi sembra un po' tesa, non so se stia provando freddo o inquietudine.

Spostando lo sguardo, vedo apparire Mars da un lato del palco. Le luci, intanto, si abbassano e alle mie spalle compare Sarah.

«Diamo il via alle danze, capo» sussurra al mio orecchio con un lampo di perfidia nello sguardo divertito. «Abbiamo radunato un esercito di combattenti, anche se per il momento se ne stanno ben nascosti. Faremo proprio una bella sorpresa a quel viscido verme!»

Annuisco convinto. Però non posso fare a meno di tremare interiormente pensando ad Arden. Anche se lui si è dimostrato d'accordo con il nostro piano, forse non dovremmo esporlo così. Ma purtroppo non c'era altro da fare per fermare Evan e, allo stesso tempo, denunciare pubblicamente le sue malefatte. Inoltre, siamo stati costretti ad agire in tempi davvero ristretti.

Mars si muove verso il centro e solleva un ventaglio che trattiene tra le mani. Sullo schermo LED, in formato gigantesco, esplode la prima immagine rubata: siamo io e Arden che ridiamo in acqua, il primo giorno che abbiamo fatto surf insieme e io ho cercato di insegnargli a restare in equilibrio sulla tavola. Insieme all'immagine compare anche un tag con su scritto *"Nuovo trofeo?"*.

Come c'era da aspettarsi un mormorio, sempre più alto e intenso, si alza dalla platea, insieme ai flash di alcuni cellulari. Ma prima che lo sbigottimento generale venga in qualche modo assorbito, l'immagine si dissolve per poi riassemblarsi con l'overlay rosso vivo della parola RINASCERE, scritta a caratteri cubitali.

Mars, contemporaneamente, recita alcuni versi:

«Quello che chiami trofeo è un naufrago che ha imparato a nuotare attraverso mille tempeste. E non si è ancora arreso.»

Prima che il pubblico possa reagire, parte la seconda immagine. Si tratta di Arden, un'immagine di lui nudo (ma in questo caso parzialmente coperto per ragioni tecniche) alcuni anni fa, con una luce penetrante proveniente dall'esterno che circonda il suo corpo e la sua espressione stravolta. Mars apre il suo ventaglio ma lo chiude subito, a scatto. La figura si rifrange in quattro specchi digitali, ruota e infine esplode. Sopra compare la parola SOPRAVVIVERE, in caratteri bianchi.

Il pubblico trattiene il fiato. E anche io, a dire il vero. Poi alcuni iniziano ad applaudire d'istinto, anche se un po' disorientati. Nel frattempo, mi accorgo che Evan, ancora fermo nello stesso posto, sembra sconcertato. Ma resta comunque immobile.

Una terza sequenza di immagini in successione mostra ancora Arden insieme a me, le nostre risate sulla tavola da surf, tra le onde e anche sulla spiaggia. Fotografie scattate da Mars e da Sarah, nel corso del nostro tempo insieme. Questa volta l'overlay è un crescendo di parole e di luce, scelte da Arden insieme ai ragazzi: CORAGGIO, VITA, LIBERTA'.

Mars, intanto, recita alcuni versi che sembrano coltelli e carezze insieme. Ed è proprio a quel punto che, del tutto inaspettatamente, almeno per il pubblico e per Evan Clarke soprattutto, compaiono gli altri. E alle immagini di Arden si sovrappongono quelle di coloro che Evan ha ricattato e distrutto nel corso degli anni. Con una piena descrizione e i racconti di ciò che lui ha fatto, di come li ha minacciati e manipolati.

I proiettori, infine, convergono proprio su di lui, su Evan. Con un cerchio di luce che lo isola, mettendo in evidenza, in un certo senso, i suoi misfatti. Il pubblico inizia a comprendere e, subito dopo, a giudicare. Si esprime attraverso un brusio indignato e anche qualche fischio. Evan si guarda intorno, come in cerca di qualche alleato inesistente, poi arretra, getta uno sguardo carico d'odio verso di me e poi verso Arden, appena comparso accanto a Mars e agli altri. Infine scompare, facendosi largo tra gli ospiti e spingendoli via, come ostacoli al suo passaggio.

L'esposizione dei fatti, conclusa, si ferma. Lo schermo diventa nero e sembra spegnersi. Invece poi prende forma e compare la scritta LUCE NELLE CREPE in oro liquido. E, subito dopo, in una tonalità azzurra e luminosa LUCE TRA LE ONDE. Le opere principali di Arden, a cui seguono tutte le altre.

Il pubblico resta in silenzio, sembra assorto o forse ancora frastornato da ciò che è appena accaduto.

Poi però sento il suono di un applauso, leggero, appena percepibile. È Jocelyn, mia madre. A lei altri si uniscono e l'applauso diventa sempre più intenso, scrosciante.

Osservo mia madre e la vedo con le mani sul petto, come a trattenere l'emozione che l'ha colta, e con gli occhi lucidi. Lancio uno sguardo ad Arden e poi decido di avvicinarmi a lei, anche se ancora incerto. Ma mia madre non attende, si alza e mi viene incontro, prendendomi il viso tra le mani.

«Quello che hai creato, Luke... è meraviglioso, davvero meraviglioso.» La sento tremare, nel tentativo di trattenere l'emozione. «E io sono fiera di te, di quello che ho visto.»

«Ti ringrazio, mamma» sorrido e le accarezzo la schiena. «Ma la verità è che sono stati Arden e i ragazzi a portare avanti questo lavoro grandioso. Io ho fatto ben poco.»

«Hai difeso e protetto la persona che ami.» Inclina il viso, mentre le lacrime splendono nei suoi occhi. «Secondo me è molto, invece.»

Alle sue parole, è come se un muro crollasse dentro di me. Annuisco e mi mordo le labbra, cercando di trattenermi per non crollare. Non è ancora il momento, lo so. Devo mantenermi saldo, ancora per un po' almeno.

«Ora vai» mi incoraggia mia madre, con un cenno rivolto ad Arden. «Vai da lui.»

Annuisco e mi avvio con passo deciso, proprio mentre le luci principali si riaccendono e Sarah annuncia l'ultima opera rielaborata da Arden: «CONTROLUCE».

Sullo schermo appare un'unica immagine, formata però da due sagome in controluce che si sfiorano appena davanti al Pacifico. Riesco facilmente a riconoscerci, siamo noi. Il cielo ha le sfumature dell'oro e le onde sono di un blu tanto intenso da sembrare dipinte.

Arden, con la camicia bianca arrotolata sui gomiti, si passa rapidamente una mano tra i capelli castani scompigliati. Il suo volto è stanco, ma emozionato allo stesso tempo.

Non mi fermo, cammino deciso verso di lui e lo raggiungo accanto allo schermo.

«Sei luce, allo stato puro.» Sono le prime parole che gli rivolgo. Che sono quelle che sento dentro, in effetti.

«Solo grazie a te. Tu mi hai insegnato a risplendere.»

Non c'è più uno scenario, non c'è più nemmeno il pubblico, non per noi. Siamo soltanto noi, due coordinate che si incontrano. Lo afferro per la nuca e lo bacio, senza trattenere il mio impulso, senza nascondere il mio cuore.

Intanto, alle nostre spalle, l'immagine scattata da Arden sembra quasi sovrapporsi a noi per tornare a pretendere l'attenzione, al centro della scena. E, tra il pubblico, si scatena l'ovazione, tra applausi festosi e grida di gioia sincera.

Io e Arden ci abbracciamo, Sarah applaude con una grinta quasi spropositata, Mars salta entusiasta e anche tutti gli altri collaboratori e partecipanti sembrano felici per il successo della serata. Mi volto per cercare mia madre, la vedo sorridere e annuire mentre si asciuga una lacrima.

Accarezzo il fianco di Arden, poi cerco la sua mano, stringendola nella mia.

«Ci siamo riusciti, Luke.»

«Sì, decisamente.»

È proprio vero. Ci siamo riusciti. Abbiamo riprogrammato il nostro mondo, modificato un destino che ci avrebbe voluto separati, distanti.

Ci scambiamo un'occhiata complice. Tutto inizia ora per noi, da questo momento, dalla scoperta di noi stessi, della nostra storia. E, per quanto mi riguarda, questa storia la voglio proprio vivere, assaporare. Senza più paure, senza più nascondermi. Amando e lasciandomi amare.

EPILOGO

Un anno dopo

Arden

L'oceano mi ruggisce nelle orecchie, ma non ho più paura delle sue onde ormai. Nemmeno di quelle più alte e più ampie. Luke mi sta vicino, la sua ombra sulla tavola scivola parallela alla mia. Il vento contrario, invece di turbarmi e ostacolarmi, mi apre i polmoni, mi dona sicurezza.

In questo momento mi sta spingendo contro, eppure la mia tavola accelera. Finalmente posso davvero sentire la luce, anche attraverso le crepe. Molto più di quanto avrei osato sperare. La mia luce tra le onde.

«Sono diventato un campione, vedi?» Lancio un'occhiata a Luke, sollevando le braccia e mantenendomi in perfetto equilibrio.

«Certo, campione! Ma non distrarti o rischi di fare una brutta fine e di berti buona parte del Pacifico!» Mi prende in giro, come sempre.

«Non ci penso nemmeno, tesoro!» Scoppio a ridere e gli strizzo l'occhio. «Questo è il classico esempio in cui l'allievo ha superato il maestro!»

Mi volto, quasi di scatto, per affrontare una nuova onda. La maledetta però mi coglie alla sprovvista, mi sbilancio e cado in acqua.

«Ecco, cosa ti avevo detto?» Luke ride di gusto, salta giù dalla sua tavola e mi raggiunge.

«L'ho fatto di proposito, giuro!» Sollevo le braccia, poi mi allungo verso di lui e lo afferro per attirarlo a me.

«Certo, come no!»

Luke mi cinge con le braccia e mi strappa un bacio. Mi lascio andare e sorrido. Poi recuperiamo le tavole, risaliamo e scivoliamo dolcemente verso la riva.

Il sole del primo mattino, intanto, taglia dolcemente il profilo dell'acqua provocando scintille di luce. Un pensiero mi sfiora la mente.

Questa vita è la mia e la voglio vivere con tutto me stesso. Con tutta la gioia, tutto l'amore di cui sono capace. Perché questa volta il mio sogno non si spezzerà. Questa volta ho tutto per essere davvero felice, per sentirmi parte di un mondo che mi appartiene, come io appartengo a lui. Come è stato fin dal primo momento.

Luke

Quando la tavola vibra sotto ai miei piedi, sento l'acqua trascinarmi verso un'esplosione di adrenalina pura. Ed è proprio così che mi sento con Arden, il più delle volte. Nel corso di un anno le mie sensazioni nei suoi confronti non sono mutate. Sono cresciute, anzi. È come se i nostri corpi e i nostri respiri si fossero fusi in uno solo. Non avevo mai provato nulla del genere, per nessun altro.

È sempre così, tra di noi. Anche quando scherziamo, quando ci prendiamo in giro.

Arden mi ha detto più volte che io l'ho salvato, ma la verità è un'altra. È stato lui a salvare me. Perché io avrò anche contribuito a difenderlo e liberarlo dalla follia distruttiva di Evan, ma lui ha fatto di più. Lui mi ha salvato da me stesso, da colui che rischiava di trasformarsi nel mio peggior nemico.

Raggiunta la riva, con le nostre tavole, lo attiro di nuovo a me. Lui mi guarda e aggrotta leggermente la fronte.

«Va tutto bene?» Inclina il viso.

«Sì, fin troppo bene.»

Sorrido e gli accarezzo il viso, poi percorro il suo zigomo con le labbra. Arden si lascia andare, gettando per un attimo la testa indietro, poi si impossessa della mia bocca, baciandomi con passione.

«Oggi è un anno...»

Ecco, allora ci stava pensando anche lui. Un anno dal nostro primo incontro, proprio su questa spiaggia. Annuisco, socchiudendo gli occhi su di lui.

«L'anno migliore della mia vita.» Sono sincero.

Un anno in cui molte cose sono cambiate, per noi. Forse non esternamente, ma dentro di noi, nella nostra anima.

«Il primo di molti altri.» Arden sospira, appoggiando la fronte alla mia.

Mi stacco da lui per un attimo, lo guardo negli occhi. Non riesco nemmeno a esprimere i miei sentimenti nei suoi confronti, a volte. Non so spiegare quanto quest'uomo mi renda felice, quanto calore, quanta gioia abbia portato nella mia vita. Anche i miei rapporti con mia madre e con i miei collaboratori sono notevolmente migliorati da quando è arrivato lui.

«Quel giorno, quando ci siamo incontrati...»

«Ho avuto una paura fottuta, Luke. Questa è la verità.» Mi risponde prima ancora che io gli ponga la domanda. «Avevo una gran voglia di scappare, però...»

«Lo so, per me è stato lo stesso.» Sospiro, gli sfioro la guancia e annuisco. «Ma non potevo lasciarti andare, Arden. Semplicemente, non potevo.»

«Sarei fuggito dall'altra parte del mondo per evitarti, per non perdere la testa per te. Ma, allo stesso tempo, qualcosa dentro di me mi gridava di restare, di correre il rischio. Perché, in fondo, dentro di me lo sapevo già.»

«Cosa sapevi già, amore mio?»

«Che sei tu, Luke, quello giusto per me.» Mentre i nostri sguardi si allacciano, le nostre labbra si cercano, ancora una volta. «Perché sei stato tu fin dal primo momento.»

About the author:

Facebook: https://www.facebook.com/justicewilloughbyauthor

Instagram: https://www.instagram.com/justicewilloughbyauthor